Perdue en territoire celte

Eva Pia

Perdue en territoire celte

Les Éditions du Panthéon
12, rue Antoine Bourdelle 75015 Paris
Tél. 01 43 71 14 72
www.editions-pantheon.fr

ISBN 978-2-7547-6146-8

L'aube

Kevan le connaissait trop bien. Elle connaissait le contour de ses mains, le mouvement de chacun de ses muscles, les traits de son visage, sa respiration, son souffle, son sourire. Dans cette taverne que possédaient ses parents, elle ne pouvait ni regarder ni penser à son gré. Elle n'avait que les corvées pour rythmer sa vie et ses rêves.

Kevan habitait la région osisminienne, les foyers tribaux étaient nombreux. Ils vivaient dans de solides huttes de bois rondes, coiffées d'épais toits de chaume. Dans son village, on cultivait l'orge et l'avoine, on élevait du bétail, on buvait de la bière et de l'hydromel.

Son père tenait une taverne où il recevait les voyageurs. Elle servait de relais pour ceux qui venaient de traverser la mer et qui allaient acheter et vendre des produits aux Romains. C'était en 54 av. J.-C. Les négociants romains venaient de part et d'autre de l'empire pour diffuser leur culture, leurs connaissances et leur or.

Elle n'avait pas le droit de regarder les hommes et encore moins ceux du nord. Elle suivait donc des yeux ses pas tout en lavant quelque vaisselle en bronze. Les corvées de ces jours-là, quelques fois par an, devenaient un prétexte merveilleux pour sortir et l'attendre. Dès qu'elle entendait le tintement des grelots attachés à leurs chevaux pour annoncer leur venue, son cœur se mettait à battre plus fort. Elle tremblait. Tout en nettoyant mécaniquement le sol, elle tentait de l'apercevoir pour pouvoir croiser son regard. Si jamais il faisait mine de la regarder, elle se détournait tout de suite pour ne pas être démasquée. Non, il ne fallait pas lui faire comprendre quoi que ce soit. C'était son plaisir, son moment de bonheur, son droit de l'observer à son insu. Et ce droit, elle ne le partageait pas, pas même avec lui. Cette histoire était peine perdue et elle se rassurait en pensant que s'ils avaient pu s'aimer et se voir librement, rien n'aurait été pareil. Des prétendants, elle en avait. Son père envisageait un mariage avec le fils du forgeron, métier noble, belle situation, grand gaillard. Elle-même n'aurait pas dit non, elle n'avait jamais eu le choix et tout serait mieux que de rester à travailler avec son père.

Non, elle ne se lassait pas de le contempler. Il était arrivé au village quatre ans auparavant. Il n'avait jamais levé le regard sur elle avant ces deux dernières années. Il était arrivé en même temps que Jules César en Gaule. Une conquête récente et inachevée. Avant l'arrivée de César, il y avait en Gaule méridionale de grands peuples celtiques d'installation récente. Ces Gaulois, comme ceux de la Gaule cisalpine (Italie du Nord) et comme leurs lointains ancêtres qui s'étaient emparés de Rome, inquiétaient beaucoup les Romains.

De jour en jour, le jeu s'était instauré entre eux. Il arrivait, elle levait la tête, leurs regards se croisaient. Elle parvenait à le fixer plus de trois secondes, trois secondes éternelles où se lisait tout l'amour qu'une femme peut éprouver pour un homme. Un coup de foudre, voilà ce qui lui était arrivé. Cette foudre qui vous paralyse et vous guide. *C'est lui et lui seul*, pensait-elle comme on le pense à seize ans. À son âge, beaucoup d'autres jeunes filles étaient déjà mariées.

Durant les jours qui suivirent, le petit manège qui s'était instauré entre elle et le monde imaginaire de ses fantasmes fut perturbé par une autre volonté : celle de cet homme dont elle ignorait le nom. Cet homme avait remarqué ce regard fuyant, ce parfum à base de chèvrefeuille qui lui caressait le nez lorsque les replis de sa robe bougeaient. Chaque matin, elle aspergeait son corps d'une eau faite à base de fleurs. Elle jetait ensuite quelques gouttes sur ses vêtements afin de garder cette fragrance de printemps. Ceci la différenciait de nombre de femmes qui, par grand froid, ne se lavaient plus. L'été était proche, la chaleur serait pénible et les travaux de plus en plus fatigants. La nourriture ne pourrait se garder aussi longtemps qu'en hiver ou au printemps. Même le salage rendait les maisons puantes. Tout cela l'incommodait. Elle n'avait jamais pu supporter toutes ces odeurs désagréables qui vous transpercent de toutes parts et s'accrochent aux habits. Elle préférait l'odeur de la campagne, cette pluie qui tombait sur l'herbe et sur les toits de chaume, qui éclaboussait les fleurs et apportait le renouvellement de toute vie.

L'homme la regardait. Kevan, troublée, ne savait comment réagir. Celui qui parcourait ses rêves, ses nuits, ses jours, la moindre de ses pensées, la fixait. Il était là, marchant droit devant et lui souriant tranquillement sans se douter de l'émoi que ce simple geste engendrait. Ses muscles se raidissaient, sa respiration s'accélérait et il lui semblait que ses joues rougissaient. N'y tenant plus, elle détourna la tête et se replongea rougissante dans ses corvées.

Mécaniquement, elle alla prendre un grand seau en bois avec anse, sans trop savoir pourquoi, afin d'occuper son esprit et de ne pas paraître trop troublée.

Dans la cour arrière, elle s'arrêta, posa le seau et commença à courir en souriant. Les larmes aux yeux, elle se mit à rire aux éclats. Comme une enfant, elle souriait naïvement, regardant la forêt sous un nouveau jour. Comme les couleurs étaient resplendissantes, cette nature qui renaissait semblait correspondre à ses états d'âme. La vie redémarrait sans que rien, aucun vent, aucune pluie ne puisse l'en empêcher. Dès le lendemain, il faudrait lui rendre la pareille, le regarder et peut-être même lui sourire. Cela faisait quatre ans qu'elle n'avait pas souri.

Au village, les bruits étaient plus forts et plus nombreux, mais ils ne parvenaient pas à la tirer de ses rêveries. Les Celtes allaient et venaient dans un village tout en couleurs et en odeurs. Les Celtes venaient vendre leur travail fait de bronze et de fourrures. Ils repartaient ensuite vers la Méditerranée afin de vendre leurs chiens de chasse et des esclaves. Le mot « amour » lui traversa l'esprit. L'amour, la pensée amoureuse, la réalisation de soi à travers l'autre. L'idée que deux individus ne puissent plus concevoir la vie l'un sans l'autre. Un sentiment de manque qui se renouvelle comme par magie.

Sur le plan politique, Rome avait établi depuis longtemps une alliance avec un grand peuple de la Gaule intérieure, les Éduens. Ils se trouvaient au centre du territoire. De plus, Jules César avait comme alliés les Nitiobroges au nord et les Séquanes. La Gaule était florissante et complètement intégrée au monde romain. Certaines régions pouvaient prospérer en paix tout en conservant leurs traditions culturelles. L'apport de l'or romain rendait les Gaulois gourmands. Les prix s'élevaient assez vite.

Et, chose étrange, malgré les prix élevés des produits, cet homme revenait quand même. Le père s'en méfiait. Il devait être pirate pour n'acheter que des armes et de la nourriture.

Que vendait-il ? Peu importait pour Kevan, elle s'était déjà préparée au pire et ce pire ne pouvait pas l'être au regard de sa situation. *Suis-je prête à essayer d'être heureuse ?* Cette question lui revenait souvent en tête. La réponse était évidente : oui, elle était prête.

Elle avait enfin fait un signe à cet homme. Elle regarda son petit frère et sa petite sœur, sachant qu'elle ne pouvait plus continuer à encaisser les coups qui aidaient son père à oublier. La journée passa sans qu'elle le revoie.

Dans la taverne, située dans un des villages de la région osisminienne, quelques voyageurs prenaient une dernière coupe ou un dernier repas avant le départ. Ce soir-là, en rentrant chez elle, Kevan le vit encore. Il était debout et semblait parler avec un homme du village. Il croisait les bras, par confort ou par gêne, elle n'arrivait pas à le savoir. Elle avait plus l'impression qu'il prenait toute la place de cet univers et qu'à l'inverse, elle se trouvait piégée sur son propre terrain. Elle s'assit à côté de son frère pour manger avec lui. Elle était silencieuse. Se montrer euphorique l'aurait alerté, la connaissant si réservée. Elle était dans ses songes. Il lui jetait des coups d'œil par intermittence, sans insister, car il savait aussi que les regards envers cette enfant étaient surveillés. Elle comprit que sa vie était avec lui, qu'il lui fallait quitter cet endroit et son futur mariage planifié. Elle savait qu'il était venu la chercher. Elle se leva, ignorant les regards de son père, des gens, du monde. Ses gestes étaient mesurés pour ne pas attirer l'attention. Il était toujours debout. Plus elle se rapprochait de la table qui les séparait, plus elle semblait ressentir sa chaleur, son aura, sa présence. Le mouvement de ses lèvres quand il parlait et la fixait en même temps ne devait pas la faire paniquer, sinon tout serait fini. Elle calcula le moindre de ses gestes, chaque pas, sans le lâcher des yeux. Du bout des doigts, elle touchait la table, ses gestes délivraient un message qu'elle ne savait visible que de lui : « Je te choisis ». Elle, une femme, avait choisi cet homme et elle le lui montrait. Elle s'était levée pour l'affronter, lui, pour affronter les siens, sa famille. Son regard déterminé le désignait comme homme et amant et il ne pouvait pas dire non. Son désir était tel qu'elle ne pouvait imaginer qu'il ne soit pas réciproque. Cette puissance qu'elle dégageait ne pouvait que le pénétrer. Son regard se figea sur elle, étonné, complice.

Elle sentit une main s'abattre sur son bras et la tirer violemment de cet état de transe dans lequel son amour l'avait mise. Son père la fixait durement. Elle ne dit pas un mot, c'était inutile. Elle avait pris sa décision. Elle monta les escaliers sans se retourner pour aller dans sa chambre. Elle savait qu'il la suivait des yeux. Elle ne pouvait plus faire machine arrière. Il allait la corriger pour la dernière fois.

Dans sa chambre, elle prépara quelques affaires, dont son pendentif porte-bonheur, offert par sa mère et seul objet qui lui rappellerait la cellule familiale. Elle regarda par la fenêtre, il se trouvait en bas, il attelait son cheval. Il se retourna pour l'observer. Tout à coup, Kevan devint impatiente, elle voulait vivre son rêve et plus rien n'avait d'importance que ces futurs instants qu'elle imaginait mille fois par jour. Lui dire quelque chose ? Comment prendrait-il ces mots venus d'une enfant qui ne connaissait ni la vie ni l'amour ou du moins pas sérieusement ? En le voyant partir, elle comprit que ce ne serait pas pour ce soir-là et rangea ses affaires. Il serait l'objet de trop de soupçons et pourrait avoir des problèmes.

Il ne revint pas les jours suivants, mais elle savait qu'il ne l'avait pas oubliée. Il préparait sûrement leur retraite à tous les deux. Elle était sûre de son affection et surtout de son désir pour elle. Cependant, elle n'osait pas aller plus loin dans sa réflexion. L'aimait-il vraiment ? Assurément oui.

Comme chaque soir, après avoir terminé toutes ses corvées, nourri les animaux et s'être occupée de son frère et de sa sœur, elle partit en balade avec son chien à travers bois afin d'écouter la multitude de sons environnants. Elle s'assit près d'un arbre et regarda le ciel, les anciens savaient lire l'avenir dans les nuages. Elle n'avait décidément pas de don dans ce domaine. Son chien courait de long en large, enfin libéré d'une journée passée à garder ses maîtres dans cette taverne. Soudain, un bruit de bois craqué se fit entendre. Kevan sursauta, elle savait que les bois n'étaient pas sûrs. Elle appela son chien et le tint près d'elle. Au bout d'un bon moment, elle se rassura. Elle était juste à côté du village après tout et ce ne pouvait être qu'un sanglier ou une autre bestiole de ce genre. En réalité, le bois était assez grand. Elle se leva pour marcher quelques mètres avant de revenir, une main attrapa la sienne. Elle poussa un cri de surprise.

Il était debout devant elle, son autre main lui tenait désormais la taille. Ils se regardèrent en souriant, instant furtif de bonheur où deux êtres se reconnaissent parmi tous les autres. Il lâcha sa main pour lui caresser le visage très lentement. Kevan était comme transportée dans une bulle d'eau, bulle protectrice, lisse, transparente comme leur amour. Il l'embrassa fougueusement. Elle avait déjà embrassé des garçons en cachette dans les bois, mais ce qu'elle ressentit à ce moment-là était un mélange de décharge de foudre et de bonheur absolu. Elle ne rentrerait pour rien au monde. Le temps s'était arrêté.

Un moment après, qui lui sembla durer des heures, il la ramena près de chez elle sans dire un mot. Elle savait que c'était pour qu'elle récupère quelques affaires. Des hommes attendaient un peu plus loin, ses hommes de main.

Elle devait remonter l'escalier sans montrer le trouble qui l'animait. Son père l'arrêta :

— Tu rentres bien tard ce soir, où est Fugueur ?

— Mon chien est devant la porte, papa. Je suis fatiguée, je vais me coucher tout de suite.

Les battements de son cœur s'accéléraient, elle avait l'impression qu'on pouvait lire à travers ses pensées. Pendant que son père lui tenait la main, elle envisagea toutes les solutions de repli possibles. Mais il la laissa remonter en la suivant d'un regard qui lui sembla pesant. Chaque pas pour gravir cet escalier lui parut lourd, comme si sa conscience l'accablait. Elle allait trahir les siens et leur infliger une honte qu'ils ne lui pardonneraient jamais. Du haut des marches, elle observa son frère et sa petite sœur de quatre ans. Sa mère était morte en la mettant au monde et depuis, son père les élevait avec une poigne de fer. Quant à elle, il lui faisait payer le secret qu'il avait découvert.

Dans sa chambre, elle rassembla le plus d'affaires possible en tremblant, espérant que personne ne monte. Une goutte de sueur lui coula sur le front. Il fallait faire vite. Quand son sac fut terminé, elle regarda par sa fenêtre. Une échelle avait été posée pour elle. Cet homme l'attendait, il l'avait choisie pour femme et cette volonté affichée la rassurait. Elle allait se retrouver dans ses bras chaque nuit, son rêve devenait réalité. Elle descendit l'échelle assez vite et sauta les dernières marches pour courir à travers bois. Une dizaine d'hommes étaient là et l'attendaient. L'un d'entre eux, qui s'appelait Agur, l'aida à monter à cheval. Kevan regarda autour d'elle, il n'était pas présent. Elle n'avait pas imaginé leur escapade avec autant de monde et surtout sans lui. En fait, il l'attendait près de la mer, à côté d'un assez grand bateau.

Derrière elle, elle entendit des aboiements. Fugueur ! Il était suivi de son père et de quelques clients. Tout l'équipage avait déjà embarqué sur le bateau, il lui restait à enjamber la rambarde. Son cœur s'arrêta. Les remords la faisaient hésiter. C'était la première fois de sa vie qu'elle hésitait, qu'elle était face à un tel choix. À son âge, on ne pouvait pas décider de tout son avenir sur un coup de tête.

Elle enjamba d'un coup la rambarde. Après tout, si elle commettait une erreur, elle pourrait toujours revenir et accepter le mariage arrangé par son père ! Son cœur se serra lorsqu'elle entendit la voix de celui-ci qui criait son nom. Ce n'était pas un appel de rage, mais de désespoir.

Elle fut choquée de l'entendre presque pleurer, lui qui la poussait à cette fuite depuis la mort de sa mère…

Elle ne put se retourner, honteuse. Pourquoi devait-on faire ce genre de choix ? Elle espérait avoir raison. Elle avait un doute et ce sentiment la mettait mal à l'aise. L'homme, qui s'appelait Bruce, remonta les cales du bateau pour aller la prendre dans ses bras. Elle s'y réfugia de plein gré, pour se rassurer. À ce moment précis, elle n'arriva pas du tout à éprouver tout cet amour qu'elle avait pour lui. Elle vécut quelques minutes de gêne. Elle avait obtenu ce dont elle rêvait. Au nom d'une divinité, elle allait être avec lui pour toujours et sur le moment, elle ne le souhaitait plus, ne l'aimait plus. Au fur et à mesure de la soirée, son sentiment d'amour grandit toutefois, comme régénéré par l'éloignement et le bercement des vagues. Elle regardait les muscles de son corps et s'imaginait en souriant qu'elle allait découvrir les joies de l'amour dans ses bras, qu'elle aurait le droit de le toucher. Ce moment d'attente fut un bonheur. Elle n'avait qu'à patienter jusqu'à l'heure du coucher pour pouvoir enfin serrer cet être tant rêvé.

Tout le monde mangeait et buvait. Ils parlaient une langue qu'elle ne connaissait pas, sûrement une langue venue du nord. Au cours de cette soirée, Bruce parla avec tous ces inconnus jusqu'à ce que son regard croise celui de Kevan. Il s'arrêta soudainement, la fixa, puis lui sourit. Un sourire plein de gratitude et d'amour. Il se leva et lui prit la main afin de l'entraîner à l'arrière du bateau. Kevan le suivit comme on suit aveuglément un guide. Il la colla contre la rampe du bateau et l'embrassa en la serrant dans ses bras. Ses mains caressèrent ses joues et ses bras afin de s'imprégner de son empreinte et de la reconnaître aussi à travers ses sens. Le désir réciproque de leurs corps arriva au même moment, comme une vague de chaleur. Il la serra tellement fort qu'elle crut étouffer. Il la regarda d'une façon qui la fit frissonner. Ses yeux si doux devinrent pour un moment un regard d'animal venant de trouver sa proie. Il l'entraîna dans la cale du bateau, où une natte lui servait de lit. Elle s'y retrouva allongée avec ce corps sur elle qui semblait arriver à la déshabiller d'une main et à la caresser de l'autre. Ses gestes étaient fluides et elle pensa qu'il devait l'aimer pour sembler la connaître bien mieux qu'elle. Elle se donna à lui corps et âme. Ses lèvres étaient douces et fortes à la fois, son haleine était fraîche. Ils se retrouvèrent nus tous les deux. Elle explora son corps si bien fait, si fort et bientôt si vigoureux. Elle sentit une vague de désir l'envahir et la pénétrer. La douleur fut rapide et laissa vite place au bien-être. Des milliers de sensations nouvelles la submergèrent. Comment avait-elle pu attendre si longtemps avant de connaître l'amour ? La nuit fut longue et ils se prouvèrent leur amour durant tout ce temps. À l'aube, il alla chercher un seau d'eau pour laver leurs corps épuisés. Ils ne s'étaient toujours pas parlé.

Elle regardait le soleil se lever pendant qu'il la serrait dans ses bras. Elle était femme, une femme que l'on devait respecter, car elle appartenait à un homme qui serait toujours là pour la protéger. Elle se mit à sangloter tout doucement. Elle avait eu tant d'émotions en si peu de temps : la fuite, la séparation d'avec sa famille et sa culture, la renaissance pour devenir une femme.

— Est-ce que tu parles ma langue ? se risqua-t-il à demander.

— Bien sûr, la langue que nous utilisons entre nous n'est qu'un dialecte, rien d'autre.

Ces premiers échanges lui permirent d'entendre enfin le son de sa voix et le ton qu'il utilisait pour lui parler. Elle lui posa plein de questions sur sa vie, sur leur avenir. Il lui répondit de façon assez laconique. Non, il ne voulait lui dire ni où ils allaient ni ce qu'il faisait exactement.

Ils débarquèrent après de longues heures de navigation. Osisminiens se trouvait au nord-ouest de la Gaule. Ils avaient pris un bateau qui les avait conduits vers l'Armorique.

Arrivée dans ce nouveau village, Kevan découvrit un tas de têtes nouvelles, des gens qui la dévisageaient. D'où venait-elle avec ses yeux trop clairs, ses cheveux trop blonds, son teint bronzé ? Des gens du nord, du Grand Nord. Des hommes à la carrure impressionnante et aux yeux clairs. Parvenus au milieu du village, Bruce lui montra la cahute qui lui servirait de maison. Elle prit alors conscience qu'ils ne vivraient pas ensemble. Ébahie, elle entra dans l'une d'elles. Plusieurs femmes y parlaient ensemble, y travaillaient ensemble. Elle paniqua. Non, ce n'était pas une prison, mais les femmes en âge de se marier avaient leur maison à part. Elle se ressaisit et osa entrer parmi la foule. De toute façon, quelle importance ? La situation serait vite réglée. Une femme d'allure assez forte lui sourit.

— Bonjour, je m'appelle Ingrid et je m'occuperai de toi.

Mais que se passe-t-il ? Pourquoi m'avoir laissée ? pensa Kevan. Elle n'avait même plus son chien. Elle sortit immédiatement de la hutte et courut vers Bruce.

— Pourquoi est-ce que tu pars ? Je ne vais pas rester toute seule ici avec tous ces gens que je ne connais même pas !

Il lui sourit en descendant du cheval :

— Kevan, ne t'inquiète donc pas, ces femmes t'accepteront. De toute façon, elles n'ont pas leur mot à dire, du moins pas en ce qui te concerne.

Il la prit dans ses bras et l'embrassa tendrement sur la joue. Elle se serra un peu plus et sentit que le désir de cet homme se réanimait à son contact, ce qui la fit sourire. Elle repartit vers cette cahute, sa nouvelle maison.

Durant tout l'après-midi, elle observa ces femmes parler, travailler, tisser. Que d'activités ennuyeuses et rébarbatives ! Certaines lui souriaient amicalement, mais d'autres la toisaient ou la considéraient visiblement comme une ennemie dont il fallait se débarrasser. Comme elle se sentait seule ! Autrefois, elle n'était jamais seule… Mais là, elle devait attendre, attendre Bruce pour être heureuse. Elle n'arrivait plus à penser, comme si son imagination créative s'était endormie depuis qu'elle avait osé franchir le pas. Elle décida d'aller se balader. Deux femmes se levèrent aussitôt afin de l'accompagner. Elle, elle avait pris la place d'une autre, mais laquelle ?

En sortant de la cahute, elle découvrit le paysage environnant. Elle se trouvait au milieu d'un bois et près d'une vallée, c'était tout ce qu'elle pouvait décrire sur ce nouveau lieu. Elle avait perdu son inspiration. En traversant le village, elle vit dans un panier un tas de petits chiots qui venaient de naître. Elle s'approcha et, de nouveau, sourit en songeant qu'elle aurait aimé avoir un compagnon de route tel que Fugueur, car il allait lui manquer. Elle regarda la femme qui se trouvait à côté du panier :

— C'est possible d'en prendre un ?

— Vas-y, ma fille, c'est ça ou bien la noyade pour eux.

Elle en prit un au hasard, car de toute façon, comment choisir ? Les deux autres femmes le caressèrent. Kevan avait le sourire, *quel bonheur !* songea-t-elle. Et en plus, le jour tombait, il allait sûrement la retrouver. Elle rentra avec le chiot, qu'elle cacha dans son pli de robe afin d'éviter qu'on lui reproche quoi que ce soit. Elle déposa le chien sur son lit de fortune et repartit faire ses corvées avec les autres femmes. Elle devait rendre lisse une peau pleine de sang à l'aide d'une pierre. *Non d'une divinité, ces odeurs, c'est répugnant !* se dit-elle.

Soudain, l'une des filles se rapprocha de Kevan et lui renversa un seau rempli de sang sur la tête avant de l'attraper par le col de sa robe pour la secouer :

— Tu es moins belle comme ça, Femme !

Kevan était sous le choc, mais elle attrapa la main de la jeune fille et la mordit le plus fort possible. Cette dernière hurla et voulut lui asséner un autre coup. Kevan se réfugia dans la cahute en tremblant. *Une folle,* pensa-t-elle. Elle prit un seau d'eau et s'en aspergea le corps avant de ressortir dégoulinante, rouge, tenant son petit chien avec une laisse en ficelle. La chaleur du soir était étouffante. Elle alla vers le fleuve et s'y jeta tout habillée. Elle retira alors ses vêtements pour les laver à leur tour. En nageant, elle se sentit libre, mais apeurée. Pourvu qu'on ne l'ait pas suivie ! Cessant enfin de trembler, elle se mit à pleurer, évacuant ainsi le stress de cette nouvelle vie. Comment pouvait-on lui gâcher son rêve ? Elle se rhabilla avec ses habits humides et repartit vers ce village peuplé de gens inconnus qu'elle n'allait pas apprécier facilement. L'amour ne fait pas tout. D'ailleurs, à propos d'amour, elle ne comprenait pas ce délaissement total, ce dénuement dans lequel la plongeait cet homme. Aux deux premières personnes qu'elle rencontra sur sa route, elle demanda où se trouvait la maison de Bruce. Elle frappa à la porte, le cœur battant. Une femme lui ouvrit.

Kevan se sentit rougir, une femme lui ouvrait la porte !

— Oui ?

Tiens, pensa-t-elle, *ils parlent ma langue, c'est bien un dialecte du nord qu'ils utilisent entre eux.*

— Où est Bruce ?

— C'est pour quoi ?

— Ah, Kevan, entre donc, lui répondit Bruce du fond de la maison.

Kevan traversa cette maison qui aurait dû être la sienne, le cœur serré. Une question lui brûlait les lèvres : qui était cette autre femme ? Celle-ci dit au revoir à Bruce et sortit de la maison en regardant Kevan d'un air narquois.

— Qu'est-ce que ça veut dire, qui est cette fille ?

Bruce la regarda, surpris, et lui répondit que ce n'était qu'une fille du village qui entretenait la maison durant la journée. Kevan se ressaisit, honteuse d'avoir posé la question, mais elle n'avait pas réussi à s'en empêcher.

Il la regarda d'un air qu'elle n'arrivait pas à déchiffrer. Elle attendait le verdict.

— Qu'est-ce que tu viens faire ici ?

— Quelle question ! Je suis seule toute la journée, j'ai des femmes hystériques qui veulent ma mort et toi, tu es là, tranquillement installé chez toi. Dans mon village, j'avais toute ma liberté d'aller et venir. Et moi qui pensais que ma venue te ferait plaisir !

Il la prit dans ses bras afin de la calmer.

— Oui ! Excuse-moi, mais tu comprends, certaines choses ne se font pas naturellement, il faut être patiente.

Il la regarda en lui souriant. Il parlait toujours très calmement, il n'avait pas un tempérament emporté et il réfléchissait avant d'agir et de parler.

— Bien sûr que ça me fait plaisir de te voir ! Mais… tu es trempée !

— Oui !

Les larmes aux yeux, Kevan le regarda de façon à ce qu'il comprenne bien qu'elle avait besoin de lui, qu'elle n'avait que lui ici.

Il l'emmena vers sa chambre et lui demanda de l'attendre. Il lui rapporta une sorte de drap qui devait la couvrir le temps que ses vêtements sèchent. Elle se déshabilla donc et il lui déposa ce drap sur elle en effleurant chaque partie de son corps. Elle tressaillit. Comment pourrait-elle le quitter ? Après tout, ces chimères étaient de moindre importance en comparaison de ce qu'il lui apportait. Cette nuit-là, il la garda près de lui et le sommeil ne les saisit qu'à l'aube.

En se levant, Kevan inspecta la maison de son bien-aimé. Elle y découvrit, près du foyer, une robe roulée en boule sur le sol. Sa colère monta, mais elle attendit tout de même que Bruce se réveille. Elle avait des crampes à l'estomac : oh non, elle ne voulait pas le perdre, mais il fallait établir des règles très vite, tant qu'il était amoureux d'elle ! Le réveil de Bruce fut pénible, Kevan lui tendit la robe sans rien dire, le regard dur. Il la regarda calmement, ce qui eut pour effet de la désarmer.

— Qu'est-ce que ça veut dire ?

— C'est une robe ! Tu la veux ?

— Ne te moque pas de moi. Pourquoi m'as-tu fait venir si tu es avec quelqu'un d'autre ?

— Tu n'as pas à me dire ce que je dois faire ou ne dois pas faire, je ne vais pas changer du jour au lendemain, c'est un choix. Soit tu l'acceptes, soit tu repars, mais ne t'avise pas de me faire des scènes. Pour l'instant, tu n'as aucune identité ici, tu n'es rien, essaie de t'en souvenir.

Elle ravala un sanglot de rage :

— Quoi ! C'est toute l'estime que tu as pour moi ?

— Rentre avec les autres, je dois déjà m'occuper de tout entre nous.

Il sortit aussitôt, ne lui laissant pas la possibilité de répliquer ou de protester, elle se retrouva seule avec ses reproches, ses sanglots, ses doutes. Comment cet homme qui la faisait vibrer et qu'elle faisait vibrer dans des moments intimes pouvait au petit matin la traiter comme une vulgaire inconnue ? Elle tomba au sol, comme prise de vertiges. Ses jambes flageolaient, elle pleura de rage, elle aurait voulu le frapper, lui courir après pour lui dire qu'elle l'aimait et le quitter en même temps. Non, elle ne voulait pas le perdre, mais elle n'était pas assez forte pour supporter ça. Son père avait toujours fait en sorte qu'on la respecte, il avait respecté sa mère et l'avait aimée toute sa vie. Non, Bruce n'avait pas le droit de la traiter comme ça. Ça ne devait pas se passer comme ça. Désormais, elle ne dirigeait plus sa vie comme autrefois, elle était plongée dans une réalité qu'elle ne supportait pas, elle ne savait même pas comment réagir devant tous ces gens ! Elle avait beau réfléchir, elle ne connaissait pas assez la vie pour prendre les bonnes décisions. Il lui restait l'instinct. Elle se reprochait de lui avoir montré cette robe. Une part d'elle-même ne voulait pas se brouiller avec lui et l'autre se maudissait de penser ainsi. Elle prit la décision de partir en balade avec son chien à travers la forêt rassurante et apaisante afin de réfléchir. Elle passa sa journée à pleurer. Il n'y avait pas d'autres solutions que de partir. Elle avait la force de le quitter ce jour, pas le lendemain. Elle se cacha des femmes qui essayaient un peu de la chercher tout en espérant qu'elle ne reviendrait pas.

Elle rentra en milieu d'après-midi sans avoir mangé de la journée. Dans la « maison des femmes », elle prit un drap pour s'en servir de sac, attacha son chien et emmena quelques morceaux de viande séchée. Il fallait qu'elle puisse tenir le coup. En passant à travers la grande pièce, elle vit la jeune femme de la veille. Elle s'en approcha et lui donna un coup avec le morceau de jambon qu'elle tenait dans sa main. La fille tomba à terre en se tenant la joue et en pleurant.

— Toi, ne t'avise plus jamais de m'approcher ou je te tue !

La grosse dame qui l'avait accueillie la première fois essaya de l'arrêter.

— Laisse-moi passer, je m'en vais, je ne suis pas la bienvenue ici, dit-elle en la repoussant violemment avant de quitter cette case qui l'oppressait.

Elle marcha très vite vers le port, où plusieurs bateaux attendaient. Elle demanda à des hommes s'ils partaient bientôt. Elle leur raconta que son père vivait de l'autre côté, qu'il était mourant et qu'elle devait partir le rejoindre sans son mari, qui ne pouvait se déplacer du fait de sa jambe amputée. Les barbares ne se posèrent pas plus de questions. Ils savouraient l'idée de se retrouver avec une femme sur cette traversée. Kevan s'assit pour attendre le départ. Le bateau devait partir deux heures plus tard. Elle regrettait que son chien ne soit pas plus gros, elle aurait été plus en sécurité. Elle avait un couteau caché dans son capuchon. Il ferait l'affaire en cas de mauvaise conduite de l'un des hommes. Il ne fallait pas qu'elle s'endorme durant la traversée.

Elle pleurait et, par moments, appelait son père. Pourvu qu'il lui pardonne !

Au bout d'un long moment, un bruit de cheval se fit entendre. Bruce descendit de sa monture et avança vers Kevan d'un air inquiet.

— Tu serais partie ?

— Je n'ai plus ma place ici, je rentre voir mon père en espérant qu'il ne me renie pas.

Son cœur s'était accéléré, c'était trop dur de le revoir, de lui parler, de l'affronter, trop de sentiments étaient en jeu, car elle pensait l'aimer sincèrement.

— Ne pars pas, je vais m'occuper de tout maintenant.

— Je ne sais pas si je dois te croire, répondit-elle en pleurant. Tu as tellement changé en si peu de temps, je ne veux pas de cette vie que tu me proposes. Je peux la vivre, mais je ne serai pas heureuse.

— Je ne pensais pas que tu pourrais partir. Rentrons à la maison.

Il essayait d'être persuasif, mais les rides sur son front montraient son inquiétude. Il lui tendit la main. Kevan la prit comme une enfant tend le bras à son grand frère, aveuglément.

Les jours qui suivirent, Bruce organisa leur mariage. Kevan se mit à penser aux siens. Elle ne pourrait pas inviter son père, car il viendrait le jour de son union avec des hommes de main pour empêcher l'événement. *Sûrement avait-il raison*, pensa-t-elle, *les parents veulent notre bonheur, mais quelle forme de bonheur ?* Qui peut prétendre avoir le monopole du bonheur et empêcher ses enfants de vivre des instants merveilleux sous l'unique prétexte qu'à long terme, ils ne seront pas heureux ?

Car malgré tous les loisirs et les métiers du monde, tout tourne autour de l'amour. L'amour de l'autre et le désir de la réciprocité. Lui dire *je t'aime*, ces simples mots qui peuvent regrouper mille significations et correspondre à mille personnes. Ces mots uniques représentant un gage d'attachement face à un monde incertain, une certitude face aux aléas de la vie. Qui est-on pour se connaître aussi bien, pour mentir aussi facilement ?

Kevan s'amusait à essayer sa future robe avec quelques filles du village avec qui, durant les semaines précédant le mariage, elle s'était peu à peu liée. Elle souriait intérieurement. Elle resplendissait, sa peau semblait lumineuse, mais d'un autre côté, elle ne se sentait pas bien les matins au réveil, la tête lui tournait souvent. Elle savait qu'une vie grandissait en elle. Heureusement qu'elle n'était pas retournée dans son village, quelle honte elle aurait infligée à sa famille ! Au moins, mariée, on lui en voudrait moins.

Les jours avançaient sur un rythme léger où bonheur et bien-être se cumulaient. Les jours passaient, elle attendait Bruce tandis que lui partait au loin sans lui dire ni ce qu'il faisait ni où il allait. De toute façon, quelle importance ? Moins on en savait et mieux on se portait. Il utilisait une devise simple : « il vaut mieux taire ce que l'on n'est pas obligé de dire ». Elle n'avait plus de désirs à assouvir. En paix avec elle-même, elle resplendissait. Le jour du mariage, l'émotion était à son apogée. Il la regardait amoureusement, se souvenant des nuits passées à lui prouver son amour, tandis qu'elle, elle voyait le bonheur qu'il leur restait à vivre. Situation paradoxale où, heureusement, tout le monde s'y retrouvait.

Une larme lui coula sur la joue, elle pensait à sa famille qui devait s'inquiéter. Seule ombre dans cette journée mirifique. La vie devait se dérouler sous des angles prometteurs, Bruce partait le matin et revenait le sourire aux lèvres le soir. Son ventre grossissait petit à petit. Au bout du troisième mois, elle comprit vraiment qu'elle était enceinte de l'homme qu'elle aimait, elle allait lui donner ce qu'elle considérait comme un cadeau suprême, une partie d'elle-même allait être liée à lui pour toujours.

Bruce s'en rendit compte lui aussi et considéra la nouvelle sans joie. Tout cela lui semblait d'une part naturel et d'autre part gênant. Certes, il aimait Kevan, mais ses rondeurs le dégoûtaient au plus haut point. Par contre, il était très attentionné. D'amante, elle était devenue mère. Et pour cela, il la respectait. Il avait tout de même peur qu'elle lui fasse un enfant par an. Plus la grossesse avançait, plus Bruce rentrait tard. Kevan se sentait seule, passant le plus clair de son temps avec son chien. Sa vie devenait vide de sens, elle ne devait s'occuper que de cette grossesse et de son mari, mais son mari ne rentrait que très tard, donc il ne lui restait plus que le rôle de mère. Les mois avançaient, le ventre s'arrondissait, elle était couverte de cadeaux par son mari. Il lui fallait simplement être patiente. Elle endurait sa grossesse sans douleur, elle allait enfanter avec souffrance. Durant les derniers mois de cette grossesse, un homme, compagnon de Bruce, venait lui tenir compagnie le soir, car Kevan avait de plus en plus peur de rester seule avec son chien, soir après soir, loin de sa famille, loin de tout réconfort, abandonnée qu'elle était dans son rôle de future mère. Désœuvrée, elle se maudissait de ne pas penser à l'enfant. Non, elle n'avait pas l'instinct maternel, cette grossesse aurait dû être l'aboutissement de son amour, Au nom *d'une divinité* qui unissait à jamais deux êtres. Elle mûrissait, s'éloignait de ses illusions enfantines, l'amour n'était rien qu'un désir qui, hélas, s'essoufflait. Comment faire renaître un désir face aux aléas de la vie ? Son seul vœu était d'accoucher de cet enfant qui prenait tant de place. Cet homme, ce confident, venait pour l'aider à se relever, l'aider à se nourrir, les derniers mois étant de plus en plus pénibles. La hantise de Kevan était d'accoucher seule en hurlant dans cette maison qui n'était pas la sienne. Les ondes de joie qu'elle émettait n'avaient pas pu remplacer celles de cette maison hostile. Agur était un homme doux qui savait écouter et parler. Il n'était pas marié. Il n'était pas beaucoup plus vieux que Kevan et elle, elle retrouvait en lui son frère qu'elle avait trahi. Agur comprenait tout cela et il la conseillait dans la sagesse, l'attente. L'attente de quoi ou plutôt de qui ? L'ennui est le plus grand ennemi de tous les sentiments. Il rend morne et sans goût les plus purs sentiments. L'amour se noie dans la routine, les plaisirs meurent dans l'habitude, penser devient stérile.

Elle découvrait l'ennui amoureux, il fallait vraiment qu'elle le vive pour y croire : elle s'ennuyait avec son mari. Ils n'avaient rien en commun, elle s'intéressait à la vie, aux découvertes, elle s'enrichissait par le biais de la connaissance. Son mari était loin d'être stupide. Intelligent, il l'était, mais il la ridiculisait dès qu'elle voulait lui soumettre un avis ou une idée. Pour lui, Kevan était la femme qui devait l'attendre et l'aimer. Elle avait finalement compris qu'il était commerçant et pirate. Un pirate des mers et un très bon commerçant. Il rentrait de plus en plus tard, parfois pas du tout. Que faisait-il et avec qui ? Elle revivait ces moments où elle avait eu le courage de partir. Il fallait qu'elle s'ampute de ses doutes, qu'elle accepte cette situation. Après tout, les autres femmes n'en faisaient pas un drame.

La jalousie la rongeait et prenait plusieurs visages au cours de la journée. Au moment du départ de son homme, son amour pour lui était décuplé, elle était triste de le voir partir, elle voulait le garder près d'elle. Puis, se sentant seule et occupée à faire mille choses inutiles, elle l'imaginait dans les bras d'une autre, son visage se durcissait et plus rien ne pouvait lui rendre le sourire. Elle avait beau s'occuper, une image lui obstruait la vue : ce couple, l'idée qu'il puisse faire à une autre femme ce qu'il lui faisait. Alors, des torrents de larmes jaillissaient de ses yeux, le sol s'ouvrait sous ses pieds, elle aurait voulu ne pas se faire d'idées, mais l'imagination, c'était toute sa vie ! Chaque pensée surgissait comme guidée par une ombre sadique pour l'obliger à imaginer. Après les crises de larmes, survenait la haine. Tétanisée sur son siège, le visage dur, elle se voyait le quitter brutalement en l'humiliant. Puis, venaient les doutes. Il ne devait pas savoir ce qui la tourmentait, elle ne devait ni le quitter ni le brusquer, car toute querelle avec lui finissait en reproches. Il se faisait victime et elle finissait par lui demander pardon de le soupçonner, de lui gâcher la vie. En revanche, lorsqu'il ouvrait cette porte, le ciel rentrait dans la maison, les doutes s'envolaient, son toucher la rassurait. Il était là.

Bruce buvait beaucoup le soir et lorsqu'il rentrait chez lui, il semblait très amoureux de Kevan. Malgré toute la passion qui les unissait, il ne pouvait pas l'honorer, il semblait dégoûté de son état de femme enceinte. Durant ces soirées, il lui disait combien il l'aimait et surtout combien il avait hâte qu'elle soit « libérée ».

Kevan accoucha un jour de septembre. Il ne faisait ni trop chaud ni trop froid. Les douleurs avaient commencé en début d'après-midi, douces au départ, puis rapidement plus violentes.

— Je ne pourrai pas tenir, c'est inhumain, je ne peux pas ! criait Kevan.

Une femme que l'on appelait « l'accoucheuse » était venue afin de la préparer.

— Arrête donc de geindre, on y est toutes passées. Moi, j'en ai eu huit. Il faut au moins ça pour en garder la moitié.

Kevan n'avait aucunement l'intention de répliquer, elle avait besoin de toutes les aides possibles. La femme commença à lui pousser le ventre, Kevan crut qu'elle allait se déchirer, ce qui n'était pas loin de la vérité. Elle hurla de toutes ses forces. La femme murmura à d'autres :

— Ça ne passe pas, le bébé est trop gros. Il faudra l'ouvrir si ça continue.

Kevan hurla le nom de son mari.

— Les maris n'ont rien à faire ici ! De toute façon, il n'est pas là, alors calme-toi ou hurle si tu veux, ça soulage. Il faut attendre que ça s'ouvre tout seul, sinon on n'aura pas le choix, ma fille.

Kevan se trouvait dans une situation horrible où une partie d'elle-même devait quitter son corps. Elle était obligée de souffrir, elle le savait, mais elle n'arrivait pas à reprendre son souffle afin de calmer la douleur. Elle paniquait, car elle savait aussi que tous les accouchements ne se terminent pas toujours dans le bonheur de la mère. Elle attendit de nombreuses heures en agonisant. Il lui semblait qu'elle s'évanouissait quelquefois. On lui épongeait le front, elle devait être livide. Les femmes la regardaient avec inquiétude. Sa vie défilait devant ses yeux, elle se voyait courir dans les bois avec son chien, non pas son chien actuel, mais Fugueur, et elle était plus jeune, beaucoup plus jeune, elle courait, mais le paysage restait le même.

Elle se sentait libre, des voix l'appelaient, comme celle de son père, qui lui demandait de ne pas partir, la même voix que lorsqu'elle était montée dans le bateau. Elle se tourna : devant elle, des collines à perte de vue et derrière, que se passait-il ? Une montagne parsemée d'arbres, des oiseaux. Elle continuait de courir quand une autre voix l'interpella. C'était sa mère, cette voix venait de derrière elle. Ce n'était donc qu'un souvenir et non l'appel de la mort. Elle stoppa net devant une crevasse immense au pied de laquelle se trouvait une rivière. Elle se sentait libre, légère, elle pouvait s'envoler, planer au-dessus de cette rivière, il lui suffisait de sauter et son imagination la ferait voler.

Des voix qu'elle n'identifiait pas l'appelaient. Elle partait. Elle regarda le vide et décida de le contourner pour toucher la rivière. La rivière, si calme et forte à la fois, descendait le long des rochers pour atteindre la source de vie. Elle voulut, pour se retrouver, plonger dedans, loin du froid, loin du moindre désir. Elle se sentait libre. Sa liberté si relative prenait un nouveau sens. L'amour qu'elle avait pu éprouver ne l'atteignait plus, ne nécessitait plus la présence de l'objet aimé. Tout se confondait dans une seule sensation : le bien-être. Elle n'avait plus de besoins, plus de barrières, plus de peurs. Elle était libre, car elle n'avait plus de manques, plus aucune sensation. Son corps évoluait, mais son esprit était déjà loin.

Une voix lui offrit sa première sensation depuis qu'elle était entrée dans son monde imaginaire. Bruce, oui, c'était sa voix, elle s'en souvenait. Cette voix l'implorait de revenir, de revenir vers lui, de ne pas plonger dans cette rivière. Elle observait l'eau, cette rivière était un ovule qui la kidnapperait pour la faire revivre en oubliant tout, en se donnant une nouvelle chance, mais où ? Elle replongerait pour renaître. Loin de Bruce. Non ! Ne pas s'éloigner de lui, l'aimer encore. Kevan se tourna vers les voix, elle ne voyait pas de visages. Le temps, si beau, si clair, se couvrait. Elle eut froid tout à coup, violemment. Elle s'aperçut qu'elle n'était vêtue que d'une robe à manches courtes. Elle regarda autour d'elle, ne trouva plus qu'un arbre pour s'abriter. Où était donc la forêt ? Tout était désormais noir et sombre, il faisait tellement froid. Le décor semblait se plier sous elle, elle essaya de marcher contre le vent. La rivière s'éloignait au fur et à mesure, était-elle dans le monde souterrain ? Non, car elle était seule.

Elle hurla. Un cri de douleur se fit entendre, puis un autre. Elle venait d'accoucher.

Les femmes cessèrent de lui pousser le ventre étant donné qu'elle s'était évanouie de douleur. La souffrance de l'enfantement lui avait fait reprendre ses esprits. Elle avait froid et, en même temps, elle était en sueur. Trop fatiguée pour pleurer, elle sentit que la douleur avait disparu juste après son accouchement, elle était libérée. Bruce entra dans la maison. Ingrid, la femme forte, avait pris l'enfant pour le nettoyer et l'envelopper dans un linge. Il regarda Kevan, lui caressa les cheveux, les mains avec une tendresse infinie. Il posa sa tête contre la sienne et l'embrassa doucement sur la joue. Kevan se sentait droguée, elle n'arrivait pas à ouvrir les yeux, mais elle ressentait du soulagement, elle avait risqué la mort et Bruce le savait. Ses mains à lui tremblaient. Il n'avait pas posé le moindre regard sur l'enfant, il ne s'était préoccupé que d'elle. Il lui disait combien il l'aimait et combien elle était belle, qu'il allait s'occuper d'elle et que bientôt, elle pourrait courir de nouveau et faire du cheval avec lui.

Elle était incapable de penser correctement, elle entendait ses mots qui l'imprégnaient, elle ne les comprenait pas, mais se sentait en sécurité.

Les jours qui suivirent, elle ne put ni se lever ni s'occuper de l'enfant à qui elle n'avait pas encore donné de nom et qui était élevé chez une nourrice du village. Au bout d'une semaine, elle décida de se mettre debout, tout doucement. Bruce l'aida, la prenant dans ses bras, ils marchèrent quelques pas.

— Tarak se porte à merveille, il mange comme six. La nourrice ne peut même plus prendre en charge les autres enfants, lui dit Bruce en essayant de rire.

Il a donné un nom à l'enfant, pensa Kevan en le regardant calmement. Ses pas lui pesaient. Elle avait l'impression qu'elle ne redeviendrait jamais comme avant. En traversant le village, elle croisa Agur. Il lui sourit, sincèrement heureux de la voir. Elle n'arriva pas à lui rendre son sourire. Bruce ne l'avait pas quittée de toute la semaine, mais la semaine suivante, il reprit la mer.

Kevan se leva doucement. L'été était déjà loin, mais le mois de septembre était très doux. Elle se rendait à la maison de la nourrice. Agur la vit marcher et lâcha aussitôt le fer qu'il travaillait au feu.

— Kevan, je t'accompagne ?

Kevan se retourna et vit son ami, son confident. Heureusement que Bruce n'entendait pas ce qu'elle lui racontait, tous les deux se confiaient comme des amis de longue date. Agur était décidément très beau. Cheveux clairs, yeux bleus, il avait un regard d'ange qui contrastait avec celui de Bruce, plus dur.

— Bien sûr, Agur, je vais chercher Tarak, je voudrais le voir, c'est mon fils tout de même.

Agur l'aida à marcher sur le chemin menant à la maison de la nourrice. Il la prit par le bras afin de l'aider à se déplacer. Lorsqu'il passa sa main sur son bras, elle eut un frisson.

Pourtant, elle aimait Bruce. Elle se rassura en se disant qu'elle devait confondre. Elle appréciait tellement la façon de penser, les idées et les attitudes d'Agur qu'elle se persuadait qu'elle était attirée par lui. Mais, se raisonna-t-elle, quand elle pensait à Bruce, elle vibrait, avait le sourire aux lèvres et riait même en pensant à certains épisodes de leur vie de couple. Elle adorait son toucher, son corps, son odeur. Sa présence déclenchait en elle des émotions vives, elle pouvait fantasmer rien qu'en le regardant. Elle l'aimait avec passion et en souffrait. Lorsqu'elle se trouvait avec lui, elle attendait le moment où il allait venir l'embrasser. Quand il lui touchait les cheveux ou qu'il était soudainement tendre, elle savait que l'instant était précieux et alors, rien d'autre n'existait.

Son ventre avait à peu près repris sa taille normale et depuis la veille, elle ne souffrait plus du bas-ventre. Elle avait l'impression que les choses se remettaient en place d'elles-mêmes. Elle se tenait malgré tout courbée, car des élancements dans le dos la faisaient souffrir à n'importe quel moment de la journée. Agur lui serrait le bras, la tenant fermement. Elle se sentait troublée de ne pas avoir à quémander une caresse. Bruce la prenait rarement dans ses bras en dehors des moments intimes. Il lui fallait toujours de l'intimité et il n'était tendre que quelques instants avant l'acte et peu de temps après. C'était sa nature. Elle devait l'accepter, comme il lui disait : « ça n'a rien à voir avec les sentiments ». C'est vrai qu'à chaque retour de voyage, il lui ramenait de nombreux cadeaux, de belles robes, des bijoux. Bientôt, elle reverrait son regard un peu mystique quand il la désirait. De nouveau, elle allait connaître l'amour physique qui la transportait vers un nouveau monde durant une heure ou deux, parfois une nuit entière. Durant ces moments-là, Bruce était tendre et aimant, il lui confiait ses pensées, ses rêves et elle, elle l'écoutait.

Parfois, il semblait écouter ses conseils, les conseils d'une enfant qui essayait de rattraper un passé qu'elle n'avait pas, de traverser le fossé qui la séparait de son mari.

Elle pénétra dans la maison qui abritait son enfant. Jusqu'à ce jour, son bébé ne lui avait pas manqué, elle avait été soulagée d'accoucher, mais trop fatiguée pour s'en préoccuper. Elle en voulait à cet enfant pour les souffrances qu'il lui avait infligées, pour les dommages faits à son corps, les vergetures sur le ventre et la poitrine, son état de faiblesse et la peur qu'elle avait ressentie ces derniers jours à l'idée de ne plus pouvoir faire l'amour avec Bruce. Elle lui en voulait aussi d'avoir éloigné Bruce durant sa grossesse, il ne l'avait plus touchée à compter du troisième mois.

La nourrice lui sourit et lui montra son fils, qui dormait dans son berceau. Il semblait si petit, si frêle. Kevan eut un pincement au cœur. Elle se sentait troublée par cet être chétif qui avait besoin d'elle, qui n'avait rien demandé à personne et qui avait été créé par elle. Le prenant dans ses bras, tout doucement, elle l'examina de la tête aux pieds. Des larmes coulèrent le long de ses joues, délicatement, des pleurs simples, délicats, comme une caresse.

— C'est mon enfant !

Agur lui souriait. Oh, comme elle aurait voulu partager ce moment avec Bruce !

— Tu veux le prendre dans tes bras ?

— Bien sûr, j'attendais que la mère le propose.

Kevan tendit l'enfant à Agur. Il le prit dans ses bras avec plus d'assurance, lui sourit, lui fit des grimaces et essaya de lui chatouiller les pieds. Kevan resta assise. Ses membres la faisaient souffrir par moments. Elle se sentait abattue, déçue d'elle-même et incapable de se créer un instinct maternel. Bruce était le père de l'enfant et c'était Agur qui le prenait dans ses bras, Agur qui lui souriait.

Les deux semaines suivantes, Kevan récupéra son bébé afin d'apprendre le métier de mère. Les gestes les plus simples devenaient une stratégie. Savoir le changer en une seule fois et à l'aide d'un lange qu'il fallait laver et relaver plusieurs fois par jour. Il fallait le prendre dans ses bras tout en portant d'autres choses. C'était tout un métier qu'elle devait apprendre seule. La première fois qu'elle dut changer ses langes, elle crut vomir. Heureusement, personne n'était là pour la voir faire. Délicatement, elle retira le lange avec cette peur de voir ce qu'il y avait à l'intérieur.

Elle devait faire face à son écœurement pour s'occuper de ce petit bout de chou, devait passer des nuits à ne pas dormir sans pouvoir se reposer la journée, d'autant que Bruce semblait ne pas revenir de son dernier voyage. Au fur et à mesure que les jours avançaient, le bébé faisait de plus longues nuits, au moins cinq heures. Mais Bruce ne revenait pas. Il lui avait laissé assez d'argent pour subvenir à ses besoins. De toute façon, dans le village, personne n'aurait pu mourir de faim. Tout le monde apportait à tout le monde. C'était un village qui vivait en totale autarcie. Kevan participait à des réunions avec les femmes le soir autour d'une activité comme la tannerie, ce qu'elle détestait tout particulièrement. Elle emmenait Tarak et elle devait subir les discussions quotidiennes de ces voisines, de ces mères et femmes qui ne cessaient de parler de la beauté de leurs enfants, du courage de leur mari. Son quotidien morne la laissait vide, sans envies et elle découvrit qu'elle se rassurait en écoutant ces discours d'un autre monde, d'une autre réalité. Elle se rassurait sur ses propres capacités. Après ces activités quelque peu distrayantes, elle rentrait seule dans cette grande maison, sans mari, mais comblée d'activités par son bébé. Elle était ravie à l'idée que Bruce rentre, car elle n'avait plus ni douleurs ni nausées, ils allaient bientôt pouvoir redécouvrir les joies de l'amour. Son corps s'était légèrement transformé. Ses hanches s'étaient arrondies, ses seins avaient pris du volume et elle avait gardé un petit ventre rond malgré les efforts journaliers qu'elle fournissait.

Un soir, elle entendit un bruit qui la fit sursauter. On aurait dit quelqu'un qui frappait, mais ce bruit ne venait pas de la porte. Elle se leva d'un bond. Son chien n'aboyait pas. Le silence se fit. Durant un instant, elle resta figée sur place, debout. Le bruit se fit entendre de nouveau, provenant de la chambre. Elle s'y précipita. Elle ouvrit la porte d'un coup, le bruit venait de la trappe de bois qui servait d'ouverture lors des beaux jours. Elle ouvrit la trappe et vit Agur qui lui souriait, très calme.

— Oh ! Tu m'as fait une de ces peurs, entre donc !

— Je préfère passer par là, on évitera d'éventuelles rumeurs.

— Tu fais bien, Agur. Ça me fait plaisir de te voir, je m'ennuie le soir.

Il avait les bras chargés. Il avait apporté un cadeau en bois pour le petit et des plantes. Le chien arriva pour lui faire la fête. Il avait aussi apporté des infusions afin de calmer les douleurs que Kevan ressentait encore parfois.

Il entra dans la pièce principale et commença par dire bonjour à Tarak, jouant avec lui. Il le prit dans ses bras.

Kevan se détourna quelques instants de cette image émouvante afin de ne pas montrer son trouble. Elle était contente de recevoir une personne avec qui elle pouvait discuter toute la soirée, qui prenait plaisir à jouer avec son enfant, à l'embrasser. Une vie de famille. Kevan se rendit compte que son amour pour Bruce était un sentiment qui ne laissait pas de place à l'enfant. Bruce n'avait rien du père de famille, leur relation était trop passionnée pour être mêlée à une vie de foyer, où les relations sont plus portées sur l'affection, les points communs, les projets communs, tout ce qu'aurait pu lui apporter Agur. Une relation calme, sans vagues, avec des problèmes courants, des sentiments mesurés, des responsabilités. À ce titre, elle devrait perdre cette angoisse qui lui prenait le bas-ventre quand elle ne savait pas où il était et cette joie quand il rentrait à la maison, comme un malaise constant qui passe par plusieurs phases tout au long de la journée, l'angoisse, le bien-être et l'attente. Bruce était l'anesthésiant d'un mal-être délicieux, un anesthésiant qui apportait une joie au-delà de la moyenne. Comment vivre sans cela ? Garder son odeur sur un vêtement et en sentir les effluves pour se rappeler.

Agur fit chauffer de l'eau au-dessus du foyer et prépara une infusion à base de plantes mystérieuses pour Kevan. Elle était assise dans la pièce principale, il s'approcha d'elle et lui porta aux lèvres l'écuelle contenant l'infusion. Elle s'en renversa sur le menton et écarta l'écuelle pour rire tout en s'essuyant à l'aide de sa main. Agur posa ses doigts sur sa joue pour récupérer les gouttes restantes et les porta à sa bouche. Kevan fut troublée pour la première fois par Agur, comme elle l'avait jadis été par Bruce. Un court instant. Un instant qu'elle s'en voulut d'avoir ressenti, car Bruce lui manquait. Agur s'assit auprès d'elle et lui narra quelques histoires intéressantes sur les préparations des onctions de druides. Elle l'écouta comme une enfant devant un conteur d'histoires. Une enfant qui boit les paroles d'une grande personne et qui l'admire. Cela faisait presque un an qu'elle était partie de chez elle. Elle en parla à Agur et lui demanda de lui rendre un grand service.

Elle retira sa bague, celle qui avait appartenu à sa mère, de sa main gauche. Elle demanda à Agur de bien vouloir la déposer chez son père, sans se faire voir, car il risquait d'être mal traité. Agur la regarda droit dans les yeux et Kevan retint son souffle, elle se demandait quelle allait être sa réaction.

— Bien sûr que je la lui donnerai, je te remercie de la confiance que tu m'accordes.

Il l'embrassa sur la joue, Kevan ne bougea pas, elle ne pouvait plus rester insensible depuis cette sensation étrange qu'elle avait ressentie lorsqu'il lui avait effleuré la joue.

Elle but son infusion, regarda Agur jouer avec l'enfant et le bercer. Agur repartit par la trappe comme si de rien n'était, mais tout avait changé.

L'attaque

La nuit fut très agitée. Elle fit de nombreux cauchemars, comme en faisait sa mère. Elle voyait des hommes à cheval portant des armures, des armes et des maisons en feu. Un bruit terrible la réveilla. Elle se précipita hors de la maison, poussée par une force qu'elle ne maîtrisait pas. Dehors, l'atmosphère était lourde. Elle retourna à l'intérieur, se saisit d'une arme et ressortit de nouveau en fermant soigneusement la porte d'entrée. Elle courut vers le bois, terrorisée. Lorsqu'elle avait peur, elle était toujours poussée par le désir d'affronter plutôt que de fuir. Si Bruce avait été là, elle aurait pu garder Tarak, mais là, il ne fallait pas qu'il pleure. Elle était très intuitive et la sensation qu'elle éprouvait était la peur. Elle craignait non pas pour elle, mais pour son enfant. Elle ne se croyait pas capable d'un tel sentiment, elle si légère, capable de tout quitter du jour au lendemain sans aucun regret. Elle avait peur de le laisser, peur qu'il ait froid, mais elle devait vérifier d'où venait le danger qu'elle pressentait.

Une chaleur anormale se fit ressentir. Des bruits sourds lui parvenaient, qu'est-ce que ça pouvait bien être ? Des chevaux, oui, il s'agissait de chevaux. Une peur panique la prit, elle était pétrifiée. Elle essaya de grimper sur un des arbres. Sa souplesse depuis son accouchement était intacte. Elle s'allongea sur une des branches pour mieux voir. Elle ne comprenait pas ce silence dans le village. Pas de bruit, pas d'alarme. Agur ! Où pouvait-il bien être ? La peur lui faisait terriblement mal au ventre. Elle ne s'était pas contentée de rêver, elle venait d'anticiper un événement grave et irréversible. Sa maison était un peu plus éloignée du village du fait de la position hiérarchique de Bruce, chef de village. Soudain, elle se replia vers le tronc d'arbre en retenant son souffle. Un cavalier passait dessous. Il portait une armure en métal et allait au pas, tout doucement. Il s'arrêta soudain, juste sous la branche sur laquelle Kevan se tenait. Elle se blottit contre le tronc. Pourvu qu'il ne l'ait pas vue. Personne ne pouvait l'entendre à cette distance. Elle avait une arme qui pouvait se retourner contre elle devant un guerrier. Elle avait l'impression que chaque bruit la trahissait. Elle n'osait pas faire le moindre mouvement, tous ses muscles étaient contractés. Elle respirait avec peine, des gouttes de sueur lui coulaient sur la joue, elle tremblait. Il regardait vers la maison, elle le voyait du coin de l'œil, mais n'osait pas se pencher, de peur de tomber. Elle commençait à avoir des nausées, la peur lui nouait l'estomac et la position courbée la faisait souffrir. Elle espérait qu'il ne reste pas là longtemps, elle ne pouvait tenir, l'angoisse la saisissait sans qu'elle puisse se calmer.

Une pensée la fit tressaillir : Tarak, seul, abandonné dans cette grande maison. Elle serait obligée de descendre si ces hommes s'approchaient de chez elle. Elle s'assit tout doucement sur ses talons afin de se détendre. Il ne s'était pas arrêté là par hasard. Il veillait. Des flammes montaient au loin, des cris, le village était attaqué. Les hommes, les guerriers du village, étaient presque tous partis en mer. Ceux qui étaient restés ne pouvaient défendre tout le village. Kevan eut un claquement de dents que les cris des villageois cachèrent, ce qu'elle allait voir allait la traumatiser. Elle aurait voulu pleurer, s'enfuir, elle tremblait de peur. Les gens commençaient à courir dans tous les sens, un homme se dirigea vers le bois et le guerrier se lança à sa poursuite. Kevan comprit que personne ne devait sortir du village, il ne fallait aucun témoin. Le guerrier tourna autour de l'homme avec son cheval comme un chat autour de sa proie. Il prenait plaisir à lutter contre cet homme désarmé. Kevan ne pouvait fermer les yeux, il fallait qu'elle soit en alerte pour s'enfuir à tout moment.

Le guerrier donna un grand coup de sabre dans le dos de l'homme du village, qui hurla et tomba. Kevan espérait pour lui qu'il était déjà mort. Mais l'homme essaya de se relever pour courir vers les bois, sous les rires du guerrier. Il lui laissa prendre de l'avance, puis lança son cheval au galop pour lui asséner un nouveau coup dans le dos, fatal cette fois-ci. Kevan ferma les yeux, serra les dents, la haine montait. Elle aurait voulu savoir se battre, être capable de le tuer. Le guerrier était à une certaine distance. S'il levait les yeux, il ne pourrait que la voir. Elle tremblait de peur, mais la haine l'avait envahie. Elle le regardait fixement, son visage, ses yeux en amande, sa barbe.

Même son cheval était complice, animal fougueux qui prenait plaisir à rouer de coups de sabot les victimes de son maître. Il ne toucherait pas à son fils. Elle ne pouvait pas prendre le moindre risque, car elle devait rester en vie. Une pensée la traversa : que faisait Bruce quand il n'était pas là, n'était-il pas un barbare lui aussi ? Tuait-il des gens avec le même enthousiasme ? Avait-il du sang sur les mains quand il rentrait ? S'agissait-il de représailles de gens qu'il avait spoliés ? Des cris stridents lui parvinrent aux oreilles, elle voulait crier elle aussi, ce qu'elle entendait sans le voir la paralysait. Elle ne voyait que les ombres, les flammes, sentait l'odeur de fumée. Plusieurs soldats arrivèrent vers le bois, accompagnés d'hommes du village blessés, qu'ils traînaient attachés comme des bêtes. Quelques femmes étaient enchaînées aussi. Elle ne vit pas Agur.

La sueur qui continuait de couler le long de son front tomba sur ses genoux. Des hommes voulaient entrer dans sa maison, elle faillit se redresser, les yeux exorbités de terreur, elle se maudissait de ne pas s'être enfuie avec Tarak. Un homme sortit, elle n'entendait pas son chien aboyer. Il devait l'avoir tué, car jamais le chien n'aurait laissé quiconque toucher à son bébé. L'homme ressortit avec l'enfant dans les bras. Il fit détacher une femme valide et le lui remit dans les mains. Kevan n'entendait pas ce qu'il lui disait. En tout cas, ils ne voulaient pas lui faire de mal. Kevan ouvrit la bouche, elle voulut descendre pour prendre son enfant et se constituer prisonnière. Elle pleura tout doucement. Elle ne savait pas quel sort l'attendait, elle avait trop peur. Quelques enfants étaient attachés aussi, seulement les très jeunes. Les adolescents n'étaient pas dans le lot des esclaves. Kevan les regarda partir devant elle, incapable de dire ou faire quoi que ce soit. Les flammes crépitaient. Elle regarda son enfant partir, le cœur serré, impuissante. Elle resta sur l'arbre une bonne heure avant de pouvoir redescendre, tremblante, apeurée. Elle tomba par terre en pleurant, puis marcha avec peine jusqu'à sa maison, abattue, elle avait peur de rentrer.

Elle poussa la porte de sa maison. Son chien se leva en titubant. Il avait été assommé. Elle regarda dans le berceau, rien. Elle pleura, renversa les affaires qui se trouvaient sur son passage. S'ils avaient voulu prendre le fils de Bruce, ils reviendraient pour la chercher. Elle devait être une monnaie d'échange. Elle prit quelques affaires, qu'elle mit dans un grand sac de toile, de la nourriture, appela son chien, qu'elle avait baptisé Fugueur comme le chien de son père. Elle traversa le village totalement silencieux à l'exception des cris des animaux domestiques. Elle ouvrit une porte qui retenait les cochons afin qu'ils puissent se nourrir dans la forêt. Des morts jonchaient les rues du village, un carnage. Elle entra dans la maison des femmes, où elle découvrit, gisant à terre, des corps nus avec des plaies béantes infligées au sabre. Elle entendit un bruit sourd qui venait du fond de la pièce.

— Il y a quelqu'un ? C'est Kevan.

Une femme apeurée sortit de derrière le cadavre d'Ingrid. Une jeune fille brune, à moitié nue, qui se jeta dans ses bras en pleurant. Kevan la connaissait de vue, elle était arrivée dans la maison des femmes bien après elle.

— Ils sont partis ?

Elle essayait de cacher au mieux son intimité de ses mains tremblantes.

— Oui, n'aie pas peur, trouve des vêtements, nous devons partir tout de suite. Tu sais où on peut trouver des chevaux ?

La jeune fille la fixa, étonnée et rassurée à la fois que cette femme pleine de confiance la prenne sous son aile. Elle chercha des affaires comme un automate, s'habilla, son corps était couvert d'ecchymoses.

Kevan prit des vivres pour deux et chercha des chevaux dans les maisons avoisinantes. Elle se changea pour mettre un large pantalon d'homme, des braies. La jeune fille, qui se prénommait Astria, fit de même. Kevan était tout simplement choquée. Elle ne pouvait encore prendre du recul sur ce qui venait d'arriver. Elle aida Astria à monter sur un cheval et fit monter son chien aussi avec elle. Elles galopèrent. Kevan s'arrêta devant la maison du forgeron. Comme elle ne sentit aucune présence humaine, elle repartit au galop. Elles chevauchèrent tout le reste de la nuit, emmaillotées dans de larges couvertures. Quand elles furent trop fatiguées pour poursuivre, elles se dirigèrent vers un bois pour y dormir. Astria descendit de cheval, tremblante d'épuisement. Les deux femmes se blottirent l'une contre l'autre près d'un arbre afin de se réchauffer. La nuit était douce et tiède, mais la peur qu'elles venaient d'avoir allait les glacer pour longtemps. Kevan sortit un morceau de jambon salé afin de se nourrir :

— Mange, Astria, ou tu vas tomber malade.

Cette dernière se mit à pleurer. Sa tunique était tachée de sang, son propre sang. Kevan eut un mouvement de recul, l'hémoglobine l'effrayait toujours. Elle se leva pour regarder autour d'elle afin de repérer une éventuelle source. Elle se ressaisit et leva la tunique d'Astria.

— Tu saignes, Astria, c'est peut-être normal à ton âge, la rassura-t-elle.

— Non, gémit-elle, non, ce n'est pas ça.

Elle se remit à pleurer.

— Ils t'ont fait du mal ?

— Oui, très mal. Il paraît que ça fait toujours mal, mais je n'aurais jamais cru autant. J'ai encore mal.

Kevan resta interdite, elle qui avait eu la chance de connaître l'amour avec un homme aimant qui l'avait caressée et lui avait appris la tendresse eut pitié de cette jeune fille qui n'avait connu l'amour qu'à travers un acte barbare et gratuit administré par un être excité par la guerre et la violence.

Kevan mit sa main sous la tunique d'Astria et lui caressa le ventre. Elles essayèrent tant bien que mal de dormir près d'un arbre.

Le lendemain, Kevan n'avait que peu dormi. Elle se sentait lasse et seule, mais avait perdu le stress de la veille. Elle était affamée. Elle aurait aimé se recroqueviller sur elle-même pour se réveiller ailleurs sans avoir à affronter ce qui allait arriver. Personne ne toucherait à Tarak, elle le savait. Bruce aurait dû la prévenir, la mettre à l'abri, protéger son enfant et sa femme, elle lui en voulait. Agur avait disparu. Aucune trace physique, elle ne pouvait pas croire qu'il se soit enfui. Elle avait perdu toutes ses pensées positives, elle ne pouvait plus se cacher derrière ses rêves. Astria était trop choquée pour prendre la moindre décision. Trop de souffrances avaient abîmé son corps comme son esprit. Kevan ne savait pas où elles se trouvaient à présent et n'avait pas d'or pour rentrer chez son père. Il n'y avait aucun moyen de le rejoindre.

Bruce était loin, perdu avec ses compagnons dans les pays du nord. Il avait acquis ce qu'il voulait prendre. Il venait de piller un village entier afin d'assurer son pouvoir et de devenir le roi d'une région, d'un pays. Son ambition n'avait ni limites ni tabous. Ce qu'il venait d'infliger aux différents villages approchait de près ce que son propre village venait de subir. Les guerres entre clans étaient courantes, la Gaule était envahie par les Romains. Bruce profitait de la barbarie des hommes et de leur peur afin d'asseoir son pouvoir.

Kevan prit la décision de continuer à travers bois jusqu'à ce qu'elle parvienne à se localiser. Elle croyait fermement que la déesse Épona la guiderait et lui indiquerait par un signe où trouver son chemin. Elle était trop effrayée pour montrer à

Astria son désarroi. Astria la suivait sans rien dire, prostrée dans son état de victime, lui faisant confiance. Au cours du chemin, épuisées, elles se décidèrent à s'arrêter afin de trouver de la nourriture. Kevan trouva des baies. Elle savait faire la différence entre le poison et la nourriture. Elle prit plusieurs branches et les apporta à Astria, qui refusa de manger.

— Il faut que tu manges, Astria, ne te laisse pas abattre, fais un effort, force-toi.

— Je ne peux pas, j'ai le ventre noué, j'ai mal, je n'ai plus de forces, je suis un poids mort pour toi.

— Tu descends tout de suite de ce cheval et tu manges.

Kevan avait été ferme. D'une certaine façon, elle ne voulait pas se retrouver seule. Là, elle avait quelqu'un à qui parler, elle devait s'en occuper. Il fallait qu'Astria reprenne le dessus pour lui être utile.

Astria descendit de cheval et se nourrit doucement. Kevan en fit autant. Elles mangèrent tous les fruits.

— Il nous faut vivre dans les bois et éviter les villages. L'un des hommes pourrait nous reconnaître, ils ne vont pas en rester là, il ne leur faut pas de témoins.

Kevan avait surtout peur pour elle, elle savait pertinemment que si on devait chercher quelqu'un, ce serait elle. Leurs vêtements sales leur collaient à la peau. L'odeur du cheval s'était mêlée à celle de leur corps. Astria, qui n'avait plus aucune estime d'elle-même, n'y prêtait pas attention, mais Kevan trouvait cette odeur insupportable. Elle n'avait jamais pu supporter les odeurs fortes, la puanteur. Son père la taquinait en lui répétant qu'elle était la réincarnation d'une reine. Elle regarda le ciel, songeant qu'elle pourrait peut-être y lire son destin. Tout bien réfléchi, elle ne savait pas lire dans les nuages. Observant les alentours, elle se concentra sur la nature : une contrée verte, des arbres, des insectes. Ces images se superposaient à celle de son fils qui bougeait dans son petit lit, ses cris, ses pleurs. Une boule lui noua l'estomac. Elle sentit que des larmes allaient couler et regarda fixement un point à l'horizon. Si elle se laissait aller, elles mourraient toutes les deux.

— Il faut chercher une source, n'importe laquelle, nous n'avons presque plus rien à boire dans nos gourdes.

Astria se leva afin de suivre Kevan.

— Attends ! Les gens de mon village utilisent des bâtons pour trouver de l'eau. Trouve-moi un bâton en fourche.

Astria se mit à chercher autour d'elle. Au bout d'une demi-heure, Kevan, souriante, revint avec une bonne nouvelle.

— Astria, j'ai mieux qu'un bâton de source, il y a un village plus loin, j'ai vu de la fumée.

— Nous ne pouvons pas nous montrer !

— Non, mais une ville est toujours située près d'une source, voyons.

À l'orée du village, Kevan sentit une odeur de viande, de la nourriture solide qui requinquerait Astria. Elle contourna les premières habitations pour s'approcher d'une maison isolée. Parvenue près d'une trappe, elle en escalada l'ouverture et regarda autour d'elle. La maison était meublée, assurément celle d'un riche marchand. Elle se promena dans cette vaste demeure d'un pas assuré. Pas de chien ni d'enfant en vue. Mais il y avait un étage et elle monta l'escalier doucement. En haut, deux grandes chambres avec une grande caisse au milieu. Elle y trouva des vêtements, des essences, des bijoux. Elle ne prit que quelques habits fonctionnels, les essences et repartit faire un tour dans l'autre chambre. Accrochés au mur, elle vit des outils, elle en prit quelques-uns. Rapidement, elle redescendit, mais alors qu'elle avait dévalé la moitié de l'escalier, elle entendit le bruit d'une porte. Elle s'arrêta net, puis remonta doucement. À travers les barreaux de l'escalier, elle distingua une femme qui tenait un enfant dans ses bras et cherchait un drap. Elle regarda l'enfant et se recroquevilla derrière l'escalier. Elle pleura tout doucement. Pourquoi n'avait-elle plus son chez-elle, sa vie, son enfant ? Il allait grandir sans savoir si elle existait, allait être élevé par une femme qu'il aimerait plus qu'elle. Ils lui diraient du mal de sa mère, il ne serait peut-être pas heureux.

Au bout d'une heure, la femme ressortit enfin de la maison. Kevan se précipita en bas de l'escalier et passa devant le foyer. Elle y prit une tranche de jambon salé afin de tenir la journée.

Elle repartit avec beaucoup plus de mal par la trappe et courut vers la forêt. Astria l'attendait en s'inquiétant.

— J'avais peur que tu ne reviennes pas, qu'il te soit arrivé quelque chose !

Kevan fut surprise, Astria s'inquiétait avant tout de savoir comment elle allait et non pas d'être abandonnée. Elle se promit de méditer sur cette idée.

— Tiens, mange, ça a l'air très bon !

La survie

Après avoir mangé la moitié du jambon, Kevan examina les outils. Elle avait pris un tas de linge. Il leur servirait de toit pour l'été. Avec l'aide d'Astria, elle grimpa sur l'un des arbres afin de voir au loin.

— Nous allons faire notre maison dans les fourrés, nous serons cachées par cet arbre, son tronc est creux.

Elles ramassèrent le plus de branches possible afin d'établir leur cabane contre le tronc. Elles les attachèrent grâce aux lianes qui servaient à nouer les vêtements. À cette construction solide, elles rajoutèrent de la chaume volée au village. Ensuite, elles déposèrent le linge sous forme de tapisserie à l'intérieur, accroché aux brindilles. Ce cabanon de survie ne leur servirait qu'à dormir à l'abri du vent. La porte n'était qu'un drap et le refuge allait vite devenir insalubre. Kevan se dirigea vers la rivière près du village. Des enfants jouaient dedans, aussi elle devrait attendre le soir pour s'y baigner.

Quand elle revint près de la rivière, le soleil était déjà loin. Le vent avait rafraîchi la température, mais Kevan se sentait trop sale, cela faisait cinq jours qu'elles étaient parties. Elle retira ses vêtements et glissa péniblement dans la rivière froide. Elle frotta ses vêtements dans l'eau en les aspergeant de l'essence de chèvrefeuille qu'elle avait trouvée dans la maison, puis se lava le corps. Astria la suivit pour en faire autant, elle ne saignait plus depuis la veille. Kevan regarda le corps d'Astria couvert de bleus et de traces de coups. Astria se lava péniblement. Kevan aurait voulu l'aider, mais préféra tourner la tête. Elle se sentait gênée de devoir s'occuper d'elle comme d'une enfant, elle préféra l'ignorer par pudeur.

De retour dans leur campement de fortune, Astria, épuisée, s'endormit aussitôt. Kevan regardait les étoiles, la gorge nouée, elle savait qu'elles ne tiendraient pas longtemps seules. Il leur fallait se présenter à un village, mais pour y faire quoi ? Sans famille ni mari, elles n'étaient rien. Elles ne pouvaient survivre, se soigner, s'habiller, elles deviendraient des bêtes apeurées au moindre bruit. Il leur fallait entrer dans la grande ville, trouver de l'argent pour repartir, prendre le bateau, s'enfuir, retrouver son père, reprendre une vie normale, attendre Bruce. Ou ne pas l'attendre puisque tout était de sa faute, il n'avait jamais aimé que lui, il avait condamné son propre village par ses actes, il avait sacrifié sa famille ! Elle voulait l'oublier, ne plus sentir l'odeur de sa peau, ne plus jamais l'embrasser, ne plus sentir ses mains, ne plus le voir…

Une larme coula le long de sa joue, une seule, elle devait oublier un homme pour qui elle avait tout sacrifié. Refaire sa vie lui était impossible. Elle prétendrait être veuve, ce serait plus raisonnable. Astria sortit de la cabane et s'assit à côté de Kevan.

— Tu penses à Bruce, n'est-ce pas ?

— Pas du tout, il est mort, il faut l'oublier.

— Mais si, tu penses à lui, beaucoup de femmes t'ont enviée lors de ton arrivée, paraît-il, vous étiez tellement amoureux. Je trouvais ça beau de vous regarder ensemble, j'aurais tellement voulu vivre ta vie, mais je ne te jalousais pas. Je vous admirais, tu pouvais faire ce que tu voulais dans le village, il te laissait libre. Il te ramenait toujours quelque chose. Et mon frère…

— Comment tu sais tout ça ?

— Mon frère partait avec lui. D'ailleurs, je ne sais pas où ils sont maintenant, mais pas au trépas, car je l'aurais ressenti.

— Comment cela, ressenti ?

— Nous sommes jumeaux. Adix me parlait souvent de Bruce, qui lui parlait souvent de toi. Il lui racontait combien tu étais belle et gentille. Ça se sentait qu'il tenait à toi, qu'il t'aimait, ce n'est pas le cas de beaucoup de femmes ici.

— Oui, mais il m'était infidèle. Ça pour être gentille, je l'étais !

— Comme tous ceux qui partent au loin, tu sais. Il faut voir ce que tu vivais quand il était là. De plus, c'est le chef du village ! En cas d'alliance, il a le droit de prendre une autre épouse. Et… et ton fils ? !

— Je… ils l'ont enlevé.

— Ce sont des monstres, mais ils ne lui feront rien, ils ont peut-être simplement pris les femmes et les enfants afin de reconstituer leur village. Les hommes seront tués ou bien seront leurs esclaves.

— Bruce n'était pas un être bon, mais je pense quand même à lui. J'ai tout quitté pour lui, j'ai humilié ma famille et si je reviens, je leur imposerai ma honte.

— Pourquoi veux-tu rentrer ? On est bien ici !

— On ne pourra pas survivre, tu le sais bien, il vaut mieux affronter la foule.

— Tu es quelqu'un qui préfère avoir des remords que des regrets…

Kevan ne put répondre à cette dernière phrase, elle s'endormit sur ses pensées.

Le lendemain, Astria se leva pour chercher de la nourriture à l'aveugle, sans savoir comment agir en chasseur ni avec quelle arme. Elle avait beau courir derrière chaque lapin, elle ne parvenait pas à ses fins. Kevan sortit du sac le dernier morceau de jambon et le partagea avec Astria. Après ce repas, elles se brossèrent les dents à l'aide d'un morceau d'écorce de bois, puis se lavèrent les mains et le visage dans la rivière.

— Nous partons maintenant, dit Kevan.

Astria prit ses affaires dans la cabane presque en miettes après la tempête de la nuit. Fugueur mangeait tout ce qu'il pouvait trouver : les restes de jambon, des baies, des insectes. Pour lui, la vie était moins compliquée que pour sa maîtresse.

Elles partirent à pied avec les chevaux et le chien. Fugueur était un bâtard assez grand et fort. Il pourrait faire peur aux éventuels agresseurs. Elles traversèrent le village, les gens les regardaient passer comme si elles venaient d'une autre contrée. L'hospitalité n'était pas dans leur culture. Elles étaient habillées comme des garçons avec un pantalon et une chemise de laine attachée à la taille par une ficelle. Elles marchaient l'une à côté de l'autre. Kevan demanda à une femme qui se tenait debout devant une palissade où elles pouvaient trouver le fleuve le plus proche. La femme lui indiqua vaguement le chemin.

En partant, la femme appela Kevan, qui se retourna. Elle avait préparé dans un sac de toile quelques vivres, des fruits secs, des galettes de seigle. Kevan regarda leur bienfaitrice avec gratitude et cette dernière leur souhaita bon courage avant de repartir chez elle.

Elles montèrent sur leurs chevaux et partirent au galop vers la ville. Elles passèrent une nouvelle nuit dehors alors que le temps s'était rafraîchi. Fugueur, comprenant le malaise de sa maîtresse, revint le matin avec un lapin dans sa gueule. Kevan fut émue de ce geste plein d'amour, cet être avait compris sans un mot ce qu'elle éprouvait, ses besoins, ses désirs. Mais voir ce lapin à vider à l'aide d'un couteau était un peu écœurant pour Kevan. Astria le comprit et s'empara du couteau pour faire la sale besogne. Kevan essaya tant bien que mal de faire du feu avec les morceaux de bois qu'elle trouva. Elle mit au moins une heure avant d'y arriver, passant de l'espoir à la rage. Lorsque le feu prit, elles firent chauffer le lapin au-dessus, attendant patiemment. Kevan s'amaigrissait à vue d'œil et Astria aussi. Elles ne faisaient pas plus d'un repas par jour et n'avaient plus de dégoût pour les vers de terre à force de s'en contenter. Fugueur mangeait au fur et à mesure de ses envies, il avait appris à chasser, poussé par la faim. Dans la nature, il avait retrouvé ses instincts. Après s'être nourries, les deux jeunes femmes reprirent la route vers le fleuve. Sur le sol, un chemin s'était dessiné à l'aide de pierres. Cette route devait être empruntée par les marchands.

Arrivées aux portes d'une ville, elles découvrirent le bruit, les grandes maisons, les allées en pierre, les cris des marchands, les chevaux… La nature avait disparu. Elles descendirent de cheval afin de parcourir la ville et de trouver une bonne âme pour les aider, en vain. Kevan et Astria s'assirent près d'une fontaine pour boire et se reposer. Elles restèrent là un moment, abattues, sans trop savoir où aller ni pourquoi elles avaient ce désir de se rapprocher du fleuve.

— Je dois rejoindre ma Gaule natale, dit Kevan. Il fait froid ici, nous devons être dans le nord. Comment se repérer, comment retourner chez nous sans vivres ? Si au moins ils ne m'avaient pas volé mes biens chez moi…

— Nous ne pouvons faire route seules de toute façon, lui dit Astria. On ne nous laissera pas passer. Nous pouvons rencontrer des voleurs en chemin. Pourquoi ne pas nous installer ici ?

— Pour y faire quoi, Astria ? Je ne sais même pas jongler…

Elles rirent de bon cœur.

— Il faut rejoindre les pauvres, les mendiants afin qu'ils nous aident, dit Kevan.

— Nous n'aurons pas besoin de les rejoindre, ils nous trouveront. De toute façon, je ne vois aucun mendiant ici ! Tout le monde vit en famille. Ils ne laisseraient personne mourir de faim. Nous, ce n'est pas pareil, nous n'avons pas de famille ici.

Kevan prit les chevaux et alla trouver le forgeron du village afin de les lui vendre. Peut-être y verrait-elle Agur ?

Elle les vendit à un prix dérisoire, une somme qui les ferait vivre un bon mois sans se loger.

Le soir approchait et les jeunes femmes traversaient rue après rue pour reconnaître un chemin, leur chemin. Au milieu de la nuit, elles décidèrent de s'arrêter pour dormir. À l'intérieur, Kevan s'allongea sur la paille, mais au même moment, deux personnes surgirent de derrière une botte. Elle hurla de terreur.

— Chut ! Tais-toi ! lui dit la voix qui se cachait sous la paille.

— Qui êtes-vous ?

— Et toi ? Tu vas nous faire prendre si tu continues à brailler.

— Je suis désolée, mais vous m'avez fait peur.

Les deux hommes sortirent de leur cachette. Un homme d'une cinquantaine d'années et un autre, plus jeune, à l'air farouche. Astria monta sur la paille pour rejoindre Kevan.

— D'où venez-vous ? lui lança le jeune ténébreux.

— D'un village qui s'est fait attaquer dans le nord.

— Des barbares ?

— Des mercenaires germains, des sauvages.

— Pourquoi vous ont-ils épargnées ?

— J'ai eu un pressentiment et je suis montée sur un arbre pour me cacher.

— Tu as bien de la chance, surtout si ces barbares étaient bien germains ! Moi, je me rappelle ce qu'ils ont fait il y a dix ans.

— Quoi donc ?

— Les Séquanes en Gaule les avaient embauchés pour mettre en péril l'armée des Éduens. Après leur victoire, les Éduens ont dû livrer en otage leurs enfants aux Séquanes. Mais cette victoire s'est retournée contre eux. Arioviste, le roi des Germains, s'est installé sur leur territoire derrière le Rhin. Il a décidé d'occuper le tiers de leur territoire et en fin de compte, il leur a demandé de lui laisser le reste.

— Que s'est-il passé ?

— Eh bien, tout d'abord, Arioviste était cruel. Son intention était de conquérir toute la Gaule. Il s'amusait à faire subir les pires tortures aux enfants nobles des Gaulois. Les chefs gaulois ont dû supplier Jules César de leur venir en aide. Ce qu'il a fait, sûrement pour éviter que les peuplades gauloises viennent envahir l'Italie dans leur fuite. Tout cela pour préserver Rome. Même maintenant, la Gaule redoute toujours l'intervention de ces barbares.

— Mais où sommes-nous exactement ?

— Bah, en Armorique, voyons !

Astria baissait les yeux, le jeune homme la regarda et lui demanda comment elle s'en était sortie.

— Elle s'en est sortie, c'est tout ce qui compte, rétorqua aussitôt Kevan afin de ne pas raviver des souvenirs qu'Astria ne pouvait oublier.

— Nous dormons ici tous les soirs. Comme ça, l'argent que nous gagnons la journée en faisant notre spectacle, nous le gardons pour bien manger et bien nous vêtir, lui dit la personne âgée.

— Vous faites du spectacle ? Mais d'où venez-vous ?

— Nous venons de Gaule, nous sommes Bellovaques. Nous nous sommes réfugiés ici après la défaite contre Jules César. Nous étions les alliés de la cité éduenne. Nous devions faire partie des six cents otages réclamés par Jules César après sa victoire. Mais nous ne sommes pas des sauvages. Dorénavant, nous faisons de nos vies un spectacle.

— Nous, nous voulons rentrer chez nous près de la mer, dans la région d'Osisminiens. Mon père y possède une maison.

Les deux hommes se regardèrent.

— Une maison avec des femmes ?

— Je suis la seule, pourquoi ?

— Gourde, une maison, ça veut dire autre chose ici. Ah ! Ah ! Ah ! Encore que… c'est toujours la solution d'une femme sans ressources.

Kevan comprit de quoi ils parlaient.

— Je n'ai aucun moyen de survie, j'ai juste de l'argent pour tenir un mois. Nous devons rentrer chez nous, mais nous ne savons pas par quel moyen, d'autant que l'on pourrait nous reconnaître.

— Je ne sais pas à quoi vous pourriez nous servir dans notre tournée, mais nous pouvons voyager avec vous un petit mois. C'est l'été, les spectacles se font dans la rue et tous les soirs.

— Oh oui ! s'exclama Astria. Je pourrai voir vos spectacles tous les soirs, vous m'apprendrez ?

Le jeune homme la regarda intensément et lui répondit oui d'un signe de tête.

Les quatre convives s'endormirent sagement sur la paille, le chien posé contre Kevan.

Le lendemain, le jeune homme les réveilla en sursaut, faisant aboyer le chien.

— Dépêchez-vous ! À cette heure-ci, ils vont arriver !

— Quoi ? ! Qui ?

Les deux jeunes femmes se précipitèrent dehors. Des hommes leur criaient dessus en les insultant. Kevan eut peur, mais se sentit grisée par cette course. Les quatre compagnons, suivis de Fugueur, se cachèrent derrière des marchands ambulants. Kevan éclata de rire, suivie d'Astria.

— Voilà à quoi vous allez nous servir, à nous donner de la bonne humeur, leur dit Hans, le plus âgé des deux.

Ils se présentèrent mutuellement. Kevan se retourna vers Astria pour lui demander si elle allait mieux et celle-ci lui montra ses hématomes. Ils étaient encore très visibles.

Atil, le plus jeune, regarda les traces noires sur le corps d'Astria et chercha dans sa besace une fiole d'huile afin de lui en enduire le corps. Astria le regarda avec méfiance, puis se laissa retirer la tunique afin qu'il l'étale sur les hématomes.

Kevan surveillait du coin de l'œil afin qu'aucun geste ne soit susceptible de choquer Astria. Les quatre compères commencèrent la journée par un déjeuner copieux avec du lait, des fruits, des galettes de seigle. Enfin de la nourriture saine. Kevan allait retrouver ses forces. Fugueur, quant à lui, avait définitivement pris l'habitude d'aller chercher sa nourriture, même si celle-ci se trouvait chez les marchands alentour.

— Un gros chien, ça peut toujours servir dans nos tournées. On est si souvent volés ! dit Hans.

— Il faudrait le dresser à faire des tours, rétorqua Atil.

— Je ne crois pas qu'il se laisserait faire, répondit Kevan.

Kevan, Astria et leurs deux nouveaux compagnons de route démarrèrent le spectacle sur une route très animée. Kevan avait observé les préparatifs et s'amusait de la naïveté des tours. Les gens applaudissaient et riaient. Kevan regardait ce spectacle avec enchantement, c'était elle qui applaudissait le plus. Au bout d'une journée à tourner de grande rue en grande rue, à engager des courses-poursuites afin d'éviter les guerriers celtes, Kevan finit par comprendre leurs « trucs », notamment la poudre blanche pour la fumée. Tout cela était très attrayant. À la fin du dernier spectacle, sous les lumières des torches et des flambeaux, Kevan se retourna pour voir Astria. Cette dernière avait le regard perdu et fronçait les sourcils.

— Ça ne va pas ?

— Si, si, ça m'arrive quelquefois, j'ai des douleurs au ventre et des nausées.

— Ah bon, depuis quand ?

— Depuis longtemps, bien avant ce que tu sais.

— Ça passe ou tu as besoin de quelque chose ?

— Non et en plus, je sais que ça va passer, je te remercie.

— Bon, si tu le dis…

Kevan continua d'assister au spectacle, mais avait perdu le sourire, une intuition la peinait à propos d'Astria. Elle avait oublié en s'enfuyant tout ce qu'elle était avant. Avant, elle avait une mère qui lui apprenait tout, qui s'occupait d'elle. Elle voyait un père heureux de rentrer au foyer. Elle jouait avec un petit frère. Elle était enjouée, heureuse et savait déjà qu'elle se marierait plus tard avec l'un des garçons du village. Elle n'avait peur de rien à l'époque et puis sa mère était retombée enceinte pour la dernière fois. Kevan s'occupait de tout à la maison, du petit frère aussi. Sa mère supportait mal cette grossesse. Elle ne se passait pas comme les autres. Kevan avait aussi eu une intuition. Même si sa mère lui souriait, quelque chose en elle lui disait que rien ne serait plus comme avant.

Le soir suivant, allongés dans la forêt avoisinante et réchauffés par de nombreuses couvertures, les quatre amis s'endormirent après une dure journée de labeur. Kevan regardait Astria, qui se repliait dans la position du fœtus afin de s'endormir. Elle s'endormit doucement, son chien près d'elle. Elle pensa à son fils et se persuada qu'il allait bien, qu'il était bien nourri. Oui, elle en rêvait. Elle le retrouvait les nuits, voyait les gens qui se penchaient sur lui, sans voir Bruce.

Comment avait-elle pu le laisser ? Pourquoi n'était-elle pas descendue de l'arbre pour être prisonnière, elle aussi, avec lui ?

Elle se rappela son propre passé, sa jeunesse. Elle était pleine de courage et n'hésitait pas à rendre les coups des garçons qui disaient vouloir s'amuser. Et puis, le jour de l'accouchement arriva. Elle tenait la main de sa mère et voyait son père arpenter la pièce. La douleur augmentait, mais la délivrance ne venait pas. Le bébé ne sortirait pas sans aide. Sa mère tomba dans un sommeil profond quelques instants, le temps que son père prenne un couteau et lui ouvre le bas du ventre, pensant bien faire. Et puis, vint la terreur.

Kevan tenait sa petite sœur dans ses bras tandis que sa mère avait la bouche et les yeux grands ouverts, se demandant encore ce qui lui arrivait dans un dernier moment de vie. Son père pleurait de rage. Les femmes du village l'éloignèrent.

Elle n'avait que douze ans et allait devoir élever son frère et sa petite sœur avec un père qui venait de tuer la femme qu'il aimait.

La vie ne fut plus la même et les coups commencèrent à tomber. La peur suivit, la lâcheté aussi.

Kevan se réveilla en sueur, comme souvent depuis sa maternité. Son chien lui léchait la figure. Elle regarda autour d'elle, le jour n'était pas encore levé. Au fond de la forêt, elle eut l'impression de voir des yeux, puis plus rien. Elle devait être encore sous l'influence de son rêve. Elle observa Astria, qui était en sueur. Elle ne faisait pas de cauchemar, seule la douleur qu'elle éprouvait la mettait dans cet état.

Kevan prit son chien avec elle et décida de profiter de la nuit pour se laver dans la fontaine du village. Arrivée sur place, elle plongea dans l'eau froide et retira ses vêtements à l'intérieur. Elle frotta ses habits les uns contre les autres, puis se lava rapidement. Elle se brossa les dents avec des écorces de bois, puis se rinça la bouche avec une concoction à base de menthe, qu'elle avait appris à faire grâce à Agur. Elle repartit en direction du bois afin de retrouver ses compagnons.

Arrivée sur place, elle ne vit plus personne. Les vêtements étaient étalés en vrac. Kevan ressentit aussitôt la peur, la même que celle éprouvée par ses compagnons. Des hommes armés les avaient attrapés. Son chien commença à grogner, Kevan était tétanisée de peur. Elle ne savait pas si les agresseurs étaient encore là. Elle resta immobile, essayant de garder un œil sur tout ce qui l'entourait sans se déplacer. Elle essaya de réfléchir vite malgré les gouttes de sueur qui coulaient sur son front.

Elle entendit une légère plainte. *Astria !* songea-t-elle.

Elle courut vers un petit fourré, où elle retrouva la jeune fille allongée par terre, pliée en deux de douleur.

— Que s'est-il passé ?

— Des guerriers celtes sont venus nous chercher. On nous accuse d'être des voleurs d'enfants. Je ne pouvais pas tenir debout, donc ils m'ont laissée, mais ils vont revenir me chercher. Va-t'en maintenant.

— Qu'est-ce que tu me racontes ? Accroche-toi à mon cou, vite !

Astria agrippa Kevan avec difficulté. Cette dernière essaya de tirer son corps qui semblait s'être alourdi.

— Grimpe sur mes épaules, sinon je n'y arriverai pas.

— Pars, tu ne pourras pas aller bien loin avec moi !

Kevan regarda Astria, puis s'accroupit afin qu'elle puisse monter sur son dos. Kevan essaya de courir, son chien à ses côtés. Elle entendit des bruits de pas derrière elle.

— Laisse-moi ici, ça ne sert à rien d'être deux à mourir dans une galère romaine.

Kevan imagina alors l'état des prisons en pierre, sans lumière et crasseuses, les odeurs, les maladies, la mort. Elle savait qu'en laissant Astria à terre, elle ne lui laisserait aucune chance de s'en sortir vivante. Elle n'eut pas le temps d'y réfléchir davantage, car une main vint se poser sur son épaule. Elle leva la tête pour voir des hommes armés qui leur criaient dessus en les insultant. Des enfants en bas âge avaient disparu dans la ville ces derniers temps. Toute personne suspecte était immédiatement arrêtée.

Traînées par les bras, elles se levèrent le plus rapidement possible. Les hommes les firent monter dans un chariot pour les conduire au cachot. Sur la route, les gens leur jetaient des seaux d'eau sale ou des légumes pourris. Elles finirent par les manger pour chasser la faim. La route était longue et les chevaux allaient au trot pour que le spectacle dure plus longtemps. Kevan mit ses mains sur le ventre d'Astria. Elle était en sueur et l'odeur qu'elle dégageait n'était pas bon signe pour sa survie.

— Je sens une source de chaleur, ne retire pas tes mains.

Kevan transpirait. Elle usait de toute son énergie pour soulager son amie mourante, ne serait-ce qu'un instant.

En sueur et couverte d'immondices lancées par la foule, Kevan dut contenir son dégoût, son désespoir, sa peur. Lorsque le convoi arriva près des portes de la prison, la jeune femme soutint Astria pour la faire marcher. Elles furent jetées dans un cachot dont le sol était tapissé de paille.

Kevan n'avait qu'une hâte, se retrouver seule sans ces hommes autour d'elle qui avaient déployé un total mépris envers elles deux. Recroquevillée dans la cellule aux portes closes, Kevan put voir que le geôlier regardait par la trappe d'ouverture, elle détourna la tête. La cellule était étroite et en pierres épaisses.

Elle regarda Astria, qui continuait de se tordre de douleur.

— Je vais mourir, dit celle-ci.

— Tu es très malade, mais laisse-moi te mettre les mains sur la tête, tu iras mieux, répondit Kevan.

— Non, garde ton énergie, nous devons nous enfuir et vite !

— Je sais, j'ai déjà mon idée sur la question. Ces idiots ne nous ont même pas fouillées. Ils préfèrent penser qu'une femme ne sait pas se défendre. Je les ai vus frapper Fugueur. Écoute-moi bien et fais ce que je te dis.

Quelques heures après, Kevan appela le geôlier et décida de tenter le tout pour le tout en faisant croire qu'Astria était morte.

Le geôlier entra dans la cellule en détaillant Kevan avec un sourire libidineux. Il se pencha sur le corps d'Astria pour pouvoir écouter les battements de son cœur. Kevan se plaça derrière lui et glissa son couteau sous sa gorge.

— Si tu prononces une seule parole, je te tue !

Le geôlier, sentant la lame commencer à lui entailler la gorge, se mit à genoux sans sourciller. Il savait bien que ces femmes étaient prêtes à le tuer plutôt que d'attendre d'être jugées et certainement condamnées.

Astria se leva alors avec peine et aida Kevan à attacher l'homme. Puis, à l'aide de restes de vêtements trouvés dans la cellule, elles le bâillonnèrent avant de récupérer les clés crochets. En sortant de la prison, elles découvrirent une ouverture béante en plein milieu du couloir qui donnait sur une rivière. Kevan prit Astria dans ses bras et elles sautèrent.

Le froid intense les glaça. Elles nagèrent jusqu'au bord, essoufflées et apeurées. Elles coururent en direction de la ville pour se mêler à la foule. Hagardes, elles se réfugièrent dans une ruelle sombre afin de reprendre leur souffle. Astria frissonnait. Elle s'allongea par terre, dans cette ruelle lugubre, dans cette ville inhospitalière. Kevan lui prit les mains pour la réchauffer. Autour d'elles, des huttes solides, des chevaux et des hommes, toujours des hommes.

La mort

— Adix doit être malheureux en ce moment ! déclara Astria.

— Ne dis pas de bêtises, tu vas aller mieux dans peu de temps, la rassura Kevan.

— N'essaie pas de me rassurer. De toute façon, c'est mieux comme ça. Je ne veux pas vivre avec ces souvenirs, j'ai eu ma part de malheur, il est inutile de se voiler la face.

— Tu n'as pas envie de connaître les mystères de la vie ? De partir avec moi et voyager ? Tu sais, on peut réussir, on peut s'installer chez mon père et recommencer une vie normale que l'on savourera après tous ces malheurs…

Kevan avait la gorge nouée, elle essayait de paraître naturelle, mais sa voix changeait de ton par moments et surtout quand elle parlait de son père.

— Tu ne sais pas si tu pourras y retourner. En as-tu seulement le désir ?

— Bien sûr que oui ! Je reprendrai des forces et j'irai chercher mon fils !

— Pars le chercher maintenant. Si tu rentres chez toi, tu ne pourras plus revenir.

Kevan se mit à pleurer.

— Comment veux-tu que j'aille le chercher ? Et avec quoi ? Nous sommes misérables et même avec toute l'aide du monde, comment veux-tu…

— Tu sais que tu peux t'en sortir, tu le sais très bien, comme tu sais ce qui m'arrive et comme tu savais quel chemin prendre en sortant de la cellule.

— De l'intuition, c'est seulement de l'intuition, pas de la magie.

— Ma mère prenait ses plantes chez un druide qui vivait ici, en Armorique. Il vivait à l'orée d'un bois. Si tu lui parles de moi, il t'aidera à trouver ton fils. Avec un homme, tu pourras traverser le pays.

— Je ne suis pas une aventurière, je voudrais en rester là.

— Mais qu'est-ce qui est le plus important pour toi, Kevan ?

— Je ne sais plus. Je ne fais que courir sans réfléchir depuis plus d'un an, je ne fais que courir, je…

Kevan s'interrompit devant le regard d'Astria, ses yeux brillaient de fièvre. Elle allait mourir. Elle était malade, quelque chose qui lui venait du fond des entrailles, sûrement un poison. Kevan était persuadée qu'Astria s'était empoisonnée volontairement jour après jour avec les baies trouvées dans les bois.

— Tu n'aurais pas dû faire ça, tu aurais dû m'en parler.

— Je n'y arrivais plus.

— Tu n'es pas seule. Si tu ne pouvais pas t'aider, d'autres auraient pu te soutenir.

— Ne me juge pas. Je ne peux toujours pas parler de ce que j'ai vu et de ce qu'ils m'ont fait. Je suis heureuse, car je vais définitivement oublier.

— Tu transpires énormément, Astria !

— Je n'ai pas pris le chemin le plus facile, je crois que je vais souffrir.

— Je vais te chercher quelque chose à boire !

— Ce n'est pas la peine. Parle-moi, tiens ! Parle-moi de Tarak.

— C'est un petit bout qui a besoin de sa maman, c'est ma chair et mon sang, mais je le connais peu en fin de compte. Je suis la première personne qu'il regarde le matin, la dernière qu'il voit avant de s'endormir, la seule qui l'écoute, la seule avec qui il peut jouer… Enfin, il y a bien quelqu'un d'autre, mais ce n'est pas important.

— S'il te plaît, parle-moi, fais-moi oublier ce qui m'attend, j'ai peur !

Kevan ne lâchait pas sa main.

— Agur…

— Le forgeron ?

— Oui, le forgeron. Eh bien, il venait souvent me voir quand Bruce n'était pas là. On discutait des heures, il jouait avec Tarak. Il s'occupait de moi et en même temps, il était si sûr de lui, si calme. Je ne sais pas te dire ce que je ressens quand je pense à lui, car j'ai décidé d'oublier cette période pour aller de l'avant.

— Tu enterres tes problèmes. Comme moi.

— Ou bien je n'en souffre pas, c'est encore pire.

— Peut-être que tu es vraiment très forte de caractère, mais ceux qui ne souffrent pas sont en général des fous dangereux.

— Je ne pense pas non plus que ce soit mon cas. J'ai perdu tout ce que j'avais, ma mère, mon enfant, mon mari, mon ami et l'estime de ma famille. Tout cela en l'espace d'une année. Comment veux-tu que j'assume quoi que ce soit…

Astria se recroquevilla sur elle-même.

— J'ai très soif.

— Ne bouge pas, je vais aller te chercher de l'eau.

Kevan partit en direction de la fontaine. Elle marcha longtemps et discrètement afin de ne pas attirer l'attention sur elle. Ses vêtements commençaient à se déchirer lentement. Arrivée près de la fontaine, elle prit plusieurs morceaux de tissu afin de créer une gourde. Elle la remplit d'eau et repartit en direction de la ruelle. Durant son trajet, son ventre se noua. Elle se sentait perdue. La présence d'Astria lui était bénéfique. Elle avait une amie, un compagnon de route, quelqu'un à qui se confier, quelqu'un qui ne la jugeait jamais. En passant par les différentes rues, Kevan attrapa un morceau de galette de seigle qui refroidissait sur le rebord d'une fenêtre. Elle était fière de sa trouvaille.

Désormais, elle ne pouvait plus se projeter au-delà d'une journée, son seul but était de se nourrir au jour le jour. Il fallait trouver au moins un repas par jour. Ensuite, peu importait. Elle ralentit son pas et ressentit un vide, comme si le sol s'ouvrait sous ses pieds. Le désarroi s'empara d'elle. La solitude, l'errance sont pires que la mort.

Elle déboucha sur la ruelle et s'arrêta près du mur pour observer Astria. Kevan était abattue, abandonnée comme une enfant n'ayant plus personne sur qui compter, seule parmi les autres. Elle contempla le ciel, des larmes coulèrent le long de ses joues, sa gourde provisoire se mit à perdre de l'eau. Elle baissa la tête, regarda ses mains, si fines, si sales, si impuissantes.

Elle se retourna et regarda la foule. Les gens marchaient avec plein d'idées en tête, plein de projets et il n'y avait personne pour l'aider. Elle aurait voulu supplier, mais à quoi bon ? Elle s'approcha d'Astria pour s'asseoir à côté d'elle une dernière fois.

Elle lui caressa les cheveux et lui prit la main, un dernier contact humain avant longtemps. Elle s'allongea à ses côtés et essaya de bien la rhabiller. Elle lui versa le reste d'eau sur le visage afin de lui laver les traces de saleté, tout doucement, à l'aide de ses mains.

Elle lui parla :

— Je ne peux même pas t'enterrer, Astria. J'espère que tu es bien maintenant ! Tu veux bien renaître vite, toi qui as su m'écouter et me comprendre, m'accompagner sans poser de questions avec tes souffrances et tes doutes ? Je pense que tu ne ressens plus rien et que tu n'entends plus non plus, donc les mots sont inutiles, sauf pour moi. J'essaie de ne pas trop souffrir pour ne pas empêcher ton retour auprès d'une autre vie. Sens-toi libre de partir vers les autres. Libérée de tes ressentiments, de tes peurs, de tes douleurs.

Kevan se mit à pleurer, des pleurs violents qui lui donnèrent le hoquet. Ce n'étaient plus les larmes discrètes qu'elle laissait couler parfois, mais des lamentations déchirantes provenant du fond de ses entrailles.

— Demain est un autre jour, le plus long à vivre, dit-elle tout bas.

Elle venait de perdre son unique amie, la seule personne avec qui elle s'était liée d'amitié depuis des années.

Elle n'avait plus confiance ni dans les hommes ni dans les femmes depuis le jour de l'enterrement. Son père, qui aurait dû la protéger, avait brisé ses croyances par la force des coups qu'il lui avait assénés pour un regard de travers, une jarre cassée, un repas pas assez chaud. Les femmes aussi. Celles qui avaient voulu prendre la place de sa mère et qui avaient été sans pitié à son égard. Elle s'était totalement fermée, n'attendant que le mariage arrangé qu'on allait lui imposer.

Et puis, il était venu, il ne l'avait pas remarquée pendant deux ans. Jusqu'à ce fameux jour où leurs regards s'étaient croisés. Elle avait voulu s'enfuir, quitte à laisser son frère et sa sœur. Elle avait voulu à tout prix quitter ce lieu d'esclavage.

Elle avait mûri tout doucement sans s'en rendre compte. Elle regrettait son comportement égoïste envers Astria. Elle avait soupçonné ce qui arrivait, mais n'avait rien dit, la laissant sombrer sans essayer de lui faire dire tout ce qui la torturait afin d'exorciser son passé tandis qu'elle, naturellement et proche de la mort, s'était inquiétée de son sort, avait demandé à connaître sa vie, sans rien attendre en retour.

Kevan resta accroupie près d'Astria un long moment, elle avait un pincement au cœur. Pour la première fois, elle connaissait des regrets et c'était le plus beau cadeau qu'Astria pouvait lui faire. Il fallait prévenir Adix, son jumeau, mais peut-être savait-il déjà ?

Kevan devait s'en aller à présent, elle devait survivre. Elle allait repartir vers le lieu de perdition, le village de Bruce. La jeune femme se leva, regarda pour la dernière fois le visage de son amie et repartit le cœur serré et sans destination définie. Sans aucun but, elle marcha, hagarde, esseulée. Elle pensa quand même à récupérer les doses de poison qu'il restait à Astria, au cas où…

La quête personnelle

À la sortie de la ville, se trouvait une taverne. Elle y entra, sale, avec ses guenilles, entourée d'hommes de forte corpulence, massifs et barbus.

— Je cherche le tavernier, s'il vous plaît, s'enquit Kevan.

— Tout ce qui te plaira, ma belle, lui répondit un des clients.

Un homme d'une quarantaine d'années sortit d'une porte et regarda Kevan de haut en bas.

— Tu viens pour quoi ?

— Je cherche un travail. Je suis veuve, ma famille a péri lors de l'attaque de notre village. Je n'ai plus rien.

— Tu pourrais être utile ici, mais soyons clairs : chez nous, les femmes qui travaillent, c'est en haut, avec les hommes.

Kevan comprit ce que voulait dire cet homme. Se prostituer, tel était le sort d'une femme qui venait de tout perdre. Il ne lui restait plus qu'à abandonner sa dignité ou mourir. Elle décida de jouer le jeu, de retarder le moment fatidique.

— Puis-je commencer par me nettoyer, m'habituer à vos lieux durant quelques jours, une semaine ?

— Ils ne vont jamais tenir une semaine ! Je te donne deux jours, pas plus.

Le tavernier l'examina un moment, puis lui indiqua le premier étage pour aller rejoindre « les autres ». Kevan monta l'escalier. Elle se remémora les sensations qu'elle avait éprouvées un an auparavant lorsque son père l'avait regardée monter les marches. S'il la voyait ainsi, quelle honte aurait-elle ! Mais quelle honte à lui de lui avoir retiré toute forme de dignité en la faisant culpabiliser chaque jour.

— Elle est bien jolie, celle-là. Et jeune, ça nous changera !

Elle entendit cette phrase comme un couperet, mais son destin n'était pas de finir ainsi. Elle s'en sortirait, elle aimait trop la vie pour la gâcher, elle aimait trop l'amour pour s'en écœurer.

En haut de l'escalier, les femmes l'accueillirent non pas comme une rivale, mais comme une des leurs. Elles la lavèrent. Son cœur se serra quand elle imagina Astria seule dans cette ruelle sombre, son corps abandonné. Quelle injustice ! Quelle était donc sa quête personnelle ? Qu'avait-elle réalisé pour accomplir son destin ?

La journée qui suivit se passa tant bien que mal. Kevan fut nourrie, logée, habillée. Le soir, elle prépara des affaires. Le scénario se répétait, elle prit un couteau et attendit. Le tavernier fit entrer quelqu'un dans la chambre et referma la porte derrière lui.

Un frisson parcourut Kevan de la tête aux pieds. On l'avait enfermée avec un homme, elle était offerte comme un vulgaire objet et on avait complètement oublié que l'objet en question possédait les mêmes sens qu'un homme : la peur, la douleur, le désir. Elle regarda cet inconnu, les yeux emplis de terreur.

Elle avait été prise de court. Lui avait le sourire aux lèvres, il ne se souciait pas du fait qu'elle ait peur ou non ni du fait qu'elle n'ait aucun désir pour lui. Il s'approcha d'elle, mais Kevan recula. Elle devait réfléchir vite ! Hélas, la peur la paralysait. L'odeur de cet homme était épouvantable. En outre, il était laid, repoussant. Feignant de maîtriser la situation, elle lui proposa de s'asseoir le temps de trouver une boisson à lui offrir. Elle sortit de son sac de laine, prêt pour le départ,fn les restes de poison et les versa dans une écuelle en bois assez discrètement. L'homme se jeta sur elle pour pouvoir l'embrasser, elle eut un mouvement de recul et une soudaine envie de vomir.

— Calme-toi, je suis la nouvelle de cette taverne et à ce titre, je veux prendre une écuelle avant. Je pense que ça ne te fera pas de mal non plus ! lui dit-elle fermement en gardant tout son sang-froid. Je vais te servir du vin de Rome. Le tavernier s'est laissé tenter pour en acheter.

— Bonne idée, la belle. Je t'attends sagement.

Kevan n'osait pas le regarder, tant le dégoût la prenait au cœur. Elle dut s'asseoir à côté de lui afin qu'il boive. D'une main, il buvait le vin et de l'autre, il lui malaxait les cuisses. Toujours plus haut. Elle avait beau serrer les jambes, ses mains puissantes et sales allaient parvenir à l'endroit souhaité. Kevan ferma les yeux pour se retenir de le regarder, elle préférait mourir que de subir cela. Elle se sentait humiliée et la panique montait en elle : elle lui avait mis toutes les baies de peur que ça ne fasse effet que trop tard. Il la jeta sur le lit et s'allongea sur elle. Son corps lourd et puant se frotta contre le sien, elle crispa tous ses membres, comme pour concentrer son énergie et ne pas sentir les affronts de cet homme. Elle regarda l'écuelle et vit qu'il n'en avait bu que la moitié, le poison n'allait pas faire effet assez vite. Elle voulut hurler, mais le repoussa d'un geste, se précipita sur une jarre et la lui cassa sur le dos, le sonnant pour quelques instants. Elle n'aurait pas le courage de prendre le couteau. Quelqu'un frappa à la porte.

— Ce n'est rien, il est un peu brutal, mais tout va bien ! cria Kevan.

Elle resta près de la porte afin d'entendre un éventuel bruit de pas. Le cœur battant, elle se doutait que l'homme n'était que sonné et qu'il allait se relever dans moins d'une minute. Elle prit un morceau de bois et frappa de toutes ses forces sur son crâne, ce qui le réveilla, puis le fit s'évanouir de nouveau. Elle tremblait, la panique lui faisait perdre tous ses moyens. Elle attrapa son sac, essaya de reprendre son souffle, puis revint vers l'homme pour lui fouiller l'intérieur du capuchon. Elle trouva de l'argent et des bijoux. Elle regarda par la porte, les filles étaient dans l'entrée. Kevan fit les cent pas dans sa chambre. Si le tavernier trouvait l'homme dans cet état, il la tuerait. Elle jeta un œil par la fenêtre : si elle sautait, elle se casserait une jambe. Elle rouvrit la porte d'entrée et rencontra le regard d'une des jeunes filles, un regard triste, accablé. Kevan ne bougea pas, elle ne savait pas comment interpréter ce regard. Amie ou bien ennemie ? La jeune fille s'approcha et lui fit signe de la rejoindre dans sa pièce. Kevan revint dans sa chambre, ouvrit la planche de bois qui servait d'ouverture à la pièce et jeta quelques morceaux de tissu au travers. Ensuite, elle repartit en direction de la pièce voisine.

— Reste dans ce meuble cette nuit. Ici, on ne te cherchera pas.

— Merci !

— Ça se voit que tu ne tiendras pas le coup et si tu t'en sors, tu viendras me rechercher ?

— … Oui !

Kevan se précipita dans le meuble en bois, elle plia les jambes et se recroquevilla. Elle allait entendre toute la suite. Un cri tout d'abord, celui du tavernier qui voulait voir si le client avait fini pour laisser le tour aux autres, puis des bruits de pas dans l'entrée. La porte principale s'ouvrait et se refermait, on cherchait Kevan. Le drap posé pour masquer la pièce s'ouvrit, la jeune fille répondit au tavernier qu'elle était occupée.

Kevan comprit qu'ils étaient trois dans la chambre et rougit à cette idée. Elle entendit les cris de douleur de son client. Elle se boucha les oreilles, car chaque hurlement, chaque parole qu'elle entendait lui crispait le ventre. Le tavernier hurla qu'elle avait dû sortir par la fenêtre. Les tissus noués les uns aux autres ressemblaient à une corde permettant l'évasion. Il se précipita dehors afin de poursuivre la voleuse. Le tapage dura toute la nuit.

Le lendemain, la jeune fille lui ouvrit le meuble pour lui donner à manger et lui apporter un seau.

— Tiens, voilà un seau pour tes besoins. Ne pars pas maintenant, tout le monde est là. Ils pensent que tu vas revenir.

Kevan avait très peur, elle se dégourdit les jambes une minute avant de reprendre sa position de fœtus. Elle resta dans cette chambre une journée entière, entendant les pas des clients qui entraient et sortaient de la chambre.

Durant l'après-midi, la jeune fille ouvrit à nouveau le meuble.

— C'est pour maintenant, pars vite par la porte de derrière !

— Viens avec moi, voyons !

— Non, je ne veux pas être dans le besoin. Ici, au moins, on me nourrit. Je ne sais pas ce qui t'attend, mais je te souhaite bon courage.

Kevan la regarda droit dans les yeux un court instant, puis prit ses affaires et sortit par la porte de derrière. Elle courut droit devant elle, traversa un pont, courut de nouveau jusqu'à l'orée d'un bois, le bois sauveur. Elle s'arrêta à quelques pas des premiers arbres afin de se reposer. Elle s'assit contre un tronc afin de méditer sur tous ces événements. Le silence et le calme régnaient dans ce bois aux allures inquiétantes et protectrices à la fois. Kevan s'y sentait bien. Comme autrefois, le bois était son complice. Elle reprit son souffle, puis repartit, s'arrêtant en chemin afin de boire quelques gouttes d'eau dans un creux d'arbre et de se nourrir des fruits environnants. Comme Fugueur aurait pu lui être utile ! Elle emprunta un chemin par instinct, elle le suivit aveuglément. Elle marcha une bonne demi-heure, puis se trouva nez à nez avec une chaumière perdue au fond du bois. Un homme sortit d'un fourré derrière elle.

— Je t'attendais !

— Nous nous connaissons ?

— Certainement !

Kevan sourit, elle ne se sentait pas en danger. Elle avait un sixième sens lorsqu'il fallait pressentir un danger. Ce don, elle l'avait reçu après son accouchement. Elle l'avait depuis ce choc qui lui avait fait atteindre les déesses, depuis qu'on lui avait laissé le choix de revenir.

— Tu as peut-être faim, enfant ?

— Oui, très faim et je suis aussi très fatiguée.

— Rentre, je te prépare ta nourriture.

Kevan entra dans cette maison inconnue comme elle serait entrée chez elle. Elle voulait juste dormir, reprendre des forces. Elle était prête à faire confiance à n'importe qui, tant qu'il ou elle pouvait l'aider.

Il fallait juste accepter la main qui se tendait et être reconnaissante.

À l'intérieur, elle s'émerveilla de trouver une pièce éclairée par de multiples trappes d'ouverture, un décor en bois apaisant, un lit de paille avec des draps de laine par-dessus. Elle s'allongea sur le lit et s'endormit paisiblement. Elle se réveilla en pleine nuit, sans repères.

Elle se rendit compte que quelqu'un avait déposé un drap de laine sur elle. Elle tourna légèrement la tête et vit un homme. Elle apprendrait plus tard qu'on l'appelait *le sorcier*. Son visage était éclairé par une torche, ses traits durs lui donnaient l'air d'avoir la quarantaine. Il avait un charme certain. Il n'était habillé que d'une longue robe de laine serrée à la taille par un ceinturon de cuir. La robe légèrement entrouverte laissait voir un torse robuste. C'était un bel homme qui vivait seul.

— Bonjour !

— Bonjour, je t'ai préparé à manger.

— J'ai dormi longtemps ?

— Plus d'une journée !

— Je suis désolée.

— Ne t'excuse pas, tu en avais besoin.

Kevan se leva et alla s'asseoir près de la table. Elle vit que l'homme l'observait et, gênée, baissa les yeux. Elle était troublée. Son amour pour Bruce ne l'empêchait pas de trouver d'autres hommes séduisants et c'était le cas cette fois-là. Elle en avait honte. De plus, il avait le double de son âge. Elle se rendit compte qu'elle ne cherchait que des hommes prêts à la secourir, à l'aimer et à la choyer pour s'échapper de son univers. La seule personne avec qui elle se sentait sur un pied d'égalité était Agur.

Elle raconta son histoire à cet homme, Zegovax. Lui était connu dans le village : on venait le trouver pour de multiples raisons comme obtenir un philtre d'amour, connaître son destin, réaliser un enchantement ou un exorcisme. Les femmes rêvaient de lui la nuit et les hommes s'en méfiaient. Zegovax avait perdu sa femme dix ans auparavant et il avait ressenti un choc en voyant Kevan dans les bois. Pour lui, ce n'était pas une coïncidence.

— Seriez-vous le druide dont me parlait Astria ? Vous vendiez des concoctions pour sa mère, me disait-elle.

Il sourit.

— J'ai de nombreux clients, je ne peux pas me les rappeler tous, mais le plus important, c'est qu'eux se souviennent de moi.

En confiance, Kevan resta le lendemain, puis les jours qui suivirent avec cet étrange homme.

Au fil du temps, Kevan reprit le goût de l'aventure, elle avait de nouveau une identité sociale, un toit et elle mangeait à sa faim. Elle pouvait se préoccuper des autres dorénavant. Elle venait de passer les étapes des besoins primaires. En s'estimant de nouveau, elle allait pouvoir se tourner vers autrui. Zegovax lui apprit comment préparer certaines boissons, certains philtres. Il était doux avec elle. Il lui parlait avec patience et essayait de combler son manque de connaissances en lui décrivant ce qui l'entourait : le ciel, la terre, les secrets de la nature. Elle n'osait pas lui demander si Agur était vivant ou non. Il lui arrivait souvent de regretter de ne pas être entrée dans la maison du forgeron afin de vérifier, juste vérifier. Elle revoyait la scène chaque soir en s'endormant et essayait en y pensant très fort de changer ce qui s'était passé. Trop choquée ce jour maudit, elle ne s'était pas risquée à entrer dans la maison. Elle voulait savoir s'il était mort ou vivant et où il se trouvait désormais. Zegovax lui confirma en tout cas, en lisant les astres, que son fils était bien vivant. Elle lui parla de ses rêves, des visages qu'elle voyait se pencher sur le berceau, du chevalier masqué. Zegovax lui expliqua que son subconscient travaillait pour elle.

Kevan resta tout l'hiver avec Zegovax. Le printemps suivit, puis revint l'été. Il la prit comme apprentie et lui apprit le métier d'alchimiste, qu'on appelait à l'époque druide.

L'été était à son paroxysme, le soleil éclairait le bois, lui donnant de nouvelles couleurs. Kevan accompagnait Zegovax au village afin d'aller voir tel ou tel client. Elle s'habillait avec des vêtements noirs afin d'arborer un air sobre, de rigueur pour sa nouvelle fonction d'apprentie. Elle s'amusait à jouer ce rôle, le regard perdu et froid. Zegovax avait besoin d'aide et, depuis la mort de sa femme, n'avait trouvé personne pour s'enfermer avec lui au fond d'un bois perdu.

Zegovax avait promis à Kevan de l'aider à retrouver son enfant. Elle attendait le moment où il se déciderait. Zegovax avait été contacté afin de lire l'avenir d'une femme très riche vivant dans le nord, une noble en pays celtique. Il devait prendre la route et ne revenir qu'un mois ou deux plus tard. Kevan lui promit de s'occuper de la maison et des concoctions.

Elle regarda partir Zegovax sur son cheval et retourna à ses occupations. Elle savourait sa solitude, salutaire pour son équilibre. Plus personne ne la perturberait dans ses rêveries, elle avait la maison à elle toute seule. Les armes, le chien de garde, tout était fait pour la protéger. Elle pouvait déambuler dans ce bois, sous les feuilles vertes, sous le soleil. La cabane était dans un espace assez lumineux, le soleil réveillait la maison. Durant cette période de transition, mille sensations la traversèrent. Elle se levait le matin avec le chant des oiseaux et seuls les bruits de la forêt lui parvenaient. Un bain d'énergie positive qui la faisait se déplacer de façon mélancolique et dynamique à la fois. Elle regardait la cime des arbres avec le sourire et les journées passaient à grande vitesse. Elle se postait chaque jour sur un arbre pour y contempler le bois et ses habitants, les renards et les lapins. Elle ramassait toutes sortes de plantes et concoctait toutes sortes de philtres. En un mot, elle comprenait enfin le sens du mot bonheur !

Elle avait appris jeune à monter aux arbres et, après ses douze ans, à s'y cacher pour échapper à la violence de son père.

Kevan organisait ses journées au rythme de différents plaisirs, souvent les mêmes, sans lassitude aucune. Parfois, des visiteurs venaient la trouver pour des concoctions et elle prétextait que le druide travaillait dans la cabane pour expliquer son absence. Elle leur assurait toutefois que leurs philtres seraient prêts pour le lendemain et qu'elle se chargerait de les leur remettre. Elle préparait tout à la place de Zegovax, elle élevait ses bêtes et rangeait la maison. Celle-ci n'était pas loin d'une rivière et elle s'y baignait avec bonheur deux fois par jour pour se laver. La chaleur était intense. Elle ne se baladait qu'avec une tunique de laine que possédait Zegovax. Au bout de deux mois, elle espéra qu'il ne reviendrait pas avant un mois, un mois de plus de solitude avant de retrouver la foule, ses cris, ses contraintes.

Au bout de trois mois, Zegovax n'étant pas revenu, Kevan s'inquiéta. L'avait-il abandonnée lui aussi ? Elle revoyait son visage, son corps, elle attendait l'homme et non le personnage. Elle voulait recréer avec lui ces instants de bonheur où deux corps se retrouvent dans le plus simple appareil afin d'assouvir leurs rêves.

L'automne rafraîchissait le bois. Kevan prenait des bains à l'intérieur de la cabane après avoir fait bouillir de l'eau dans le foyer, elle versait le contenu dans une grande jarre, dans laquelle elle se tenait debout. Elle rêvassait dans ce liquide brûlant, le chien s'était habitué à sa présence. Elle commençait à s'ennuyer. L'automne rendait triste et mélancolique son paysage habituel, elle ne voyait que peu de monde. Les gens qui venaient lui apportaient de la nourriture ou de l'argent.

La cabane était éclairée de plusieurs torches. En fixant l'une d'elles, Kevan pensa à Astria et son cœur se serra. Elle lui manquait.

Elle alla s'allonger sur le lit de paille recouvert d'un drap de laine. Avec l'argent de Zegovax et la vente des bijoux volés, elle avait acheté du tissu afin d'aménager l'intérieur. Désormais, il y avait de nouveaux vêtements, des fleurs, des dessins qu'elle avait peints directement sur le mur. Elle s'endormit paisiblement, légèrement étourdie après avoir fumé une herbe étrange que gardait Zegovax.

Elle ressentit une caresse qui démarrait sur ses cheveux pour se perdre sur son dos. Elle se réveilla et vit Zegovax penché sur elle. Elle se leva aussitôt, il la prit dans ses bras et s'allongea sur le lit auprès d'elle. Elle comprit ce qui allait se passer et n'osa pas freiner ce tempérament fougueux. Elle voulut fermer les yeux, mais il l'en empêcha, il voulait qu'elle apprenne l'amour non pas en tant que spectatrice, mais en tant qu'actrice. Il était tendre et patient. Kevan avait l'impression qu'il connaissait son corps, qu'il l'avait dessiné lui-même. Au petit jour, elle se réveilla dans ses bras, épanouie. Zegovax était toujours attentif, ce qui n'était pas déplaisant pour Kevan. Au début, cette relation déséquilibrée dans les sentiments lui plut, mais le désir de Zegovax était constant. Il avait oublié sa promesse de l'amener vers son fils, aussi Kevan s'éloigna peu à peu de lui.

Zegovax parla de cette femme noble celte qui voulait des philtres d'amour et connaître son avenir avec un bel homme aux yeux perçants. Kevan écoutait ces contes venus d'ailleurs et s'imaginait à la place de cette femme. Elle essaya de convaincre Zegovax de l'emmener au loin afin qu'elle retrouve son fils. Zegovax lui promit qu'ils partiraient le plus tôt possible. En effet, la belle noble lui avait demandé de revenir pour d'autres questions superficielles concernant son avenir.

Le jour du départ, Kevan prépara un sac, qu'elle posa sur un des chevaux. Elle regardait cette cabane pour la dernière fois. Elle n'y reviendrait pas et voulait garder intacts les moments de bonheur qu'elle avait pu y ressentir. Alors qu'elle observait le bois, Zegovax, qui se tenait derrière, l'encercla de ses bras robustes. Elle ferma les yeux. Ce moment de tendresse la rassura et lui apporta la sérénité qui lui manquait au moment du départ.

Côte à côte, ils galopèrent à travers bois en direction du nord. Lorsqu'ils arrivèrent près d'un village, Zegovax demanda à être hébergé par une famille. Kevan entra dans une maisonnée peuplée d'enfants. Elle regardait ces jeunes aux dents imparfaites, aux visages sales. L'odeur qui régnait dans cette maison était un mélange de nourriture et de crasse. Elle se sentait mal et faisait parfois la moue. Zegovax lui lançait des sourires afin de la rassurer. La mère de famille, une grosse femme pleine de rides et habillée d'une tunique de laine sale, préparait la nourriture. Zegovax les paya avec des onctions contre la toux. De toute façon, la famille n'aurait pas osé leur refuser le gîte, de peur d'être ensorcelée. Dehors, un orage faisait fureur. Kevan détestait et adorait à la fois l'orage. Elle aimait cette expression de colère du ciel. Elle avait pourtant le souvenir d'un chêne vigoureux qui s'était fendu en deux dans son village sous l'effet de la tempête. Elle dormit contre Zegovax, cet homme qui avait fait preuve de bonté envers elle sans la connaître. Il semblait aveuglé par l'amour, ayant reconnu en elle celle qu'il avait perdue. Peut-être que lui aussi fermait les yeux.

L'un des enfants était très malade, il toussait et crachait du sang. Zegovax dit à Kevan qu'il n'y avait rien à faire. L'enfant se trouvait seul sur une natte en bois sans couverture tandis que ses frères et sœurs étaient occupés à jouer. Seul entouré d'une famille. Cet enfant chétif se recroquevillait sur lui-même afin de reprendre la position du fœtus, comme si la mort passait par le retour à la position de l'enfant dans le ventre de la mère, une régression totale. Kevan ressentait la solitude de cet enfant qui avait la force de caractère de ne pas se plaindre, de ne pas demander son dû, l'amour des siens. Kevan avait le ventre noué, elle avait l'impression que l'enfant lui communiquait sa solitude. C'était comme si elle était la seule à pouvoir ressentir sa peur, son désarroi, sa douleur. Elle ferma les yeux afin de trouver le sommeil, en vain. En ouvrant les yeux, elle vit que cet enfant l'observait. Ses yeux clairs illuminaient son visage d'une grande beauté. Ce petit garçon la regardait comme s'ils partageaient tous deux un secret, elle qui avait deviné ce qu'il ressentait. Kevan approcha sa main de lui et la posa sur son front. Il ferma les yeux. Elle ressentit sa fièvre, ses tremblements de douleur, sa respiration accélérée. À son contact, il se détendit. Il posa ses mains sur les siennes afin de prendre le plus d'énergie possible. Kevan attrapa la main de Zegovax afin de faire une chaîne d'énergie positive. Elle caressa le front de l'enfant. Son rythme cardiaque commença à ralentir. Il se sentait soulagé, comme anesthésié avant de mourir. Kevan avait toujours le ventre noué, elle ne supportait pas d'affronter la mort, surtout lorsqu'elle était si injuste. *Peut-être que la mort n'est pas une chose injuste, mais simplement le rappel vers un monde meilleur pour les êtres qui ont trop souffert,* se dit-elle.

La mère s'approcha de son enfant pour lui donner de la soupe de pois. Il refusa la coupelle par un geste sans force et cracha de nouveau. Kevan regarda le sang par terre et sa gorge se noua. Elle s'allongea à ses côtés afin de dormir près de lui. Il ferma les yeux, bienheureux d'avoir un dernier contact, même si ce contact ne venait pas de sa propre mère.

Alors, le père s'approcha de son fils et s'agenouilla. Il lui caressa le visage. Le petit lui sourit sans ouvrir les yeux. Le père lui parla du lendemain, des activités, des corvées à faire, de la vie courante. La mère lavait les coupelles comme si de rien n'était.

Tout le monde s'endormit tardivement. Le lendemain, Kevan se leva, puis prépara les affaires pour reprendre la route. Avant de partir, elle lança un dernier regard à l'enfant qui dormait. Elle sortit de la maison et monta sur son cheval pour attendre Zegovax.

Zegovax enjamba sa propre monture et ils partirent ensemble pour une longue journée.

Les retrouvailles avec le passé

Les journées passèrent selon un rythme régulier, le vent refroidissant les plaines traversées. Les couvertures de laine n'étaient pas de trop pour ce chemin. Au bout d'une semaine de voyage, ils arrivèrent dans une région près de l'océan. Kevan reconnaissait certains types d'arbres, ceux de son village. Ils devaient se trouver tout près… mais où ?

Zegovax alla trouver la noble et lui présenta Kevan comme son apprentie. La femme était petite, brune aux yeux foncés, avait la taille fine et le visage pâle. Elle regarda Kevan sans un sourire. Kevan lut dans ses yeux la suspicion, le doute, puis elle tourna la tête vers Zegovax en lui lançant un sourire trop grand, trop prévisible. Elle leur montra l'endroit où ils allaient pouvoir dormir et se laver. Kevan sortit les affaires du sac, s'installa dans la grande salle, où se trouvaient un grand lit et une bassine dans laquelle de l'eau chaude bouillonnait déjà.

Elle se plongea dedans et lava son corps vigoureusement. Zegovax entra dans la bassine à son tour pour s'y glisser derrière Kevan. Celle-ci eut un mouvement de recul, mais ne dit rien. Elle savait ce qu'il voulait et elle devait surmonter son manque d'envie.

Le lendemain, la femme les fit entrer dans une grande salle remplie de jarres, de toiles, de bronzes.

Kevan était allongée sur un lit. Zegovax s'assit près d'elle afin de faire tourner un médaillon au-dessus de sa main. Elle était habillée de noir, une sorte de capuche de soie entourait ses cheveux et masquait légèrement son visage. Un homme entra dans la salle, il marchait à une certaine allure, un pas cadencé, sûr de lui. Kevan ne se retourna pas, l'homme passa derrière elle, très près, trop près, puis partit s'asseoir sur un banc derrière Zegovax. Kevan resta pétrifiée. La femme s'amusa à taquiner l'homme en lui disant qu'elle allait tout savoir sur lui grâce à Zegovax. Kevan regardait par terre, le visage imperturbable. Cette odeur ! Tandis qu'il se déplaçait, Kevan entendit la voix de l'homme. Il se moqua de la femme. La jeune femme ferma les yeux, tous ses muscles s'étaient raidis. Elle n'osait pas faire le moindre mouvement. Elle aurait voulu s'enfuir, partir sans se retourner. Lentement, elle parvint à lever la tête, elle n'avait qu'à tourner sur sa gauche pour vérifier, pour comprendre.

Elle n'écoutait plus la conversation, elle n'arrivait pas à se concentrer sur autre chose. La noble la regarda d'un air méprisant et lui demanda des précisions sur son avenir.

Kevan prit une voix enrouée :

— Je ne peux pas parler en présence de cet homme.

Il y eut un silence, puis l'homme se leva de lui-même, repassa derrière Kevan, qui s'immobilisa en découvrant ses gestes.

— Tu es la veuve d'un noble ?

— Oui, depuis deux ans.

Le silence. Zegovax tourna son regard vers Kevan, qui avait les yeux rougis, le front en sueur.

— Ton « homme » est père d'un fils.

— C'est une plaisanterie, comment le sais-tu ?

— Il est marié.

— Il est veuf !

Kevan encaissa la réponse comme un couperet.

— Comment est-il venu jusqu'à toi alors ? lui demanda Kevan.

— Il était le chef d'un village, mais de toute façon, il venait me voir très souvent.

— Tu lui donnais du tissu en cadeau ?

— Oui et des bijoux. Mais ce n'étaient pas des cadeaux, nous échangions des présents couramment.

Kevan crispa ses mains sur ses vêtements.

— Il est venu te voir quand son village a été dévasté ?

— Il avait besoin de mon armée pour récupérer les esclaves du village, mais est-il bien veuf ?

— Oui, il l'est… Je suis trop fatiguée, je répondrai à tes questions plus tard !

— Soit, tu m'intéresses.

Kevan se leva doucement. Elle tourna la tête lentement afin d'apercevoir la silhouette de l'homme qui attendait dans la pièce avoisinante. Du coin de l'œil, elle le vit de dos, tourna la tête afin de mieux le voir, son homme. Bruce, celui avec qui elle était mariée, celui qui lui avait fait un enfant, celui qui l'aimait et pour qui elle avait tout quitté. Cet homme qui se tenait devant elle, qui lui avait si souvent fait perdre ses moyens. Elle aurait voulu courir vers lui pour lui taper sur l'épaule afin de voir son visage, de le frapper, de l'humilier.

Elle se tenait debout en pleine hésitation, sans savoir exactement quoi faire, perdue.

Elle tourna les talons et repartit le ventre noué vers sa salle de repos. Elle s'allongea sur le lit, ferma les yeux et se mit à pleurer. Zegovax entra dans la salle et lui caressa les cheveux.

— Je t'aime, Kevan !

Mais ces mots la laissèrent indifférente et Kevan pleura de nouveau. Elle voyait l'absurdité de la situation, elle qui pleurait pour un autre alors que Zegovax l'aimait.

Elle n'arrivait pas à croire qu'elle avait revu Bruce.

Elle se leva pour se rallonger tout au long de la journée, sans but, sans réussir à remettre toutes ses idées en place. Elle avait mangé seule dans sa chambre afin de ne pas voir Bruce. Le soir, elle décida de se lever, de se laver et de s'habiller avec une tunique colorée. Elle mit ses bijoux et se coiffa. Elle descendit le cœur tremblant vers la grande salle où l'attendaient son amant, son mari et la maîtresse de son mari. Elle descendit dans la salle des bourreaux, resplendissante, les yeux un peu rougis. Elle regarda Bruce, son visage si beau, ses yeux, ses expressions. Elle entra à pas calmes et mesurés. La femme l'accueillit. Bruce tourna la tête et eut l'air effrayé. Ils ne se quittèrent plus des yeux. Ceux de Bruce rougirent légèrement. Il avait les mains posées sur la table. Kevan avait l'impression que son visage allait se mettre à bouillir tant elle rougissait, tant sa tête bourdonnait. Il ne pouvait rien dire, car il perdrait la fortune que cette femme lui laissait. Kevan s'assit près de Zegovax, tremblante.

Il lui prit la main et la regarda fixement. Kevan se tourna vers lui d'un air absent.

— Quelle jolie bague tu as là !

— Oui, c'est mon symbole de foi.

— Tu es mariée ?

— Veuve !

Bruce leva la tête, il rageait de ne pouvoir parler, dire la vérité. Il avait un regard tendre, il aurait voulu la prendre dans ses bras, l'aimer de nouveau. Après le choc des retrouvailles, Bruce lui sourit et Kevan baissa les yeux.

Zegovax ressentit la tension qui émanait de Kevan et de Bruce. Il commença à faire part de ses vibrations à la femme concernant son avenir. Kevan osa affronter le regard de Bruce, ce regard fauve qu'il lui lançait quand il avait envie d'elle, elle ressentit une douleur dans le bas-ventre. Elle aurait voulu se retrouver avec lui juste une autre nuit, juste une dernière fois, sans avoir à affronter les lendemains tristes, sans avoir à revenir auprès de lui, sans devoir affronter ses tromperies et être obligée de lui pardonner. Elle avait dû vivre avec ses souvenirs, la suspicion, le doute, les reproches et elle aurait aimé pouvoir gommer la matinée du lendemain, ne pas assumer le lever du jour, juste pour le plaisir d'être de nouveau dans ses bras.

Kevan baissa les yeux au moment où elle se leva de table, suivie de Zegovax. Elle était émue de tous ces sentiments qui lui étaient parvenus en l'espace d'un repas. Bruce la faisait souffrir et pour ça, elle ne devait pas l'aimer. Elle ne ressentait pas de jalousie vis-à-vis de la femme, considérant qu'il était le seul coupable. Pourquoi était-il vivant ? Où était leur fils ?

Kevan méditait dans sa chambre, ne comprenant pas comment Bruce avait pu devenir le chef d'une autre tribu.

Cette femme lui avait donné un rang et il exerçait désormais un pouvoir sur les sujets du fait de ce rang.

Tandis qu'elle était dans ses rêveries, Zegovax la regardait intensément.

— Tu n'as pas compris ce qui s'est passé ? lui demanda Zegovax.

— De quoi parles-tu ?

— Cet homme est un traître !

— Qu'est-ce que tu veux dire par là ?

— Il a lui-même commandité l'attaque de son propre village afin d'assouvir son ambition.

— Quoi ?

— Tu ne vois pas comme ils sont complices tous les deux ? Quel était le meilleur moyen pour elle d'étendre son pouvoir et pour lui de diriger deux villages qui n'étaient pas censés se rejoindre un jour ?

— Tu plaisantes, elle a même dit que Bruce lui avait emprunté l'armée pour récupérer les esclaves.

— Il est très facile de commanditer des attaques en payant des barbares germaniques.

— Il aurait tué ses compagnons ? Sa propre famille ?

— Seulement les gens qui ne lui auraient pas été utiles ou qui le connaissaient trop bien.

Entendre ces détails était comme recevoir une volée de gifles. Kevan se sentit mal. Zegovax la prit dans ses bras et la fit s'asseoir.

— Je ne peux pas y croire…

— Pourquoi cela ?

— C'est mon mari.

Ils se prirent dans les bras, le ventre noué, avec un sentiment de vide. Ils s'accrochaient l'un à l'autre pour ne pas sombrer. Après quelques minutes, Zegovax embrassa Kevan, qui se laissa faire. Elle était dans un état second.

Ce soir-là, Kevan ne repoussa pas Zegovax, qui l'allongea sur le lit. Elle se réveilla en ressentant à la fois haine et confusion. Il fallait qu'elle parle à Bruce, qu'elle le voie. Elle se lava et s'habilla rapidement. Elle ne pouvait dormir, imaginant Bruce dans les bras d'une autre comme si de rien n'était. Il avait toujours mené une double vie, depuis le début, même avant qu'ils ne se rencontrent ! Quelle tristesse ! Elle repensa à son père criant son nom. Elle aurait dû suivre son instinct, elle avait eu un doute et pas n'importe lequel, elle avait toujours eu beaucoup d'intuition, sauf le concernant. Là, elle avait réussi, malgré tout l'amour qu'elle éprouvait, à avoir un doute. Elle n'était donc pas sa propre alliée, elle ne s'écoutait pas ! Elle s'en voulait et désormais, son seul but était de récupérer son enfant et de repartir vers des terres plus sûres.

Elle marcha le long de la pièce, cherchant un visage connu, une révélation, Bruce ! Elle alla vers la salle de repas afin de s'y préparer un déjeuner copieux. Elle qui n'avait pas toujours mangé à sa faim dévorait le matin comme quatre au cas où la journée se terminerait mal. Elle prit des fruits, des galettes et s'assit à côté de la table, seule. Quelques esclaves allaient et venaient.

Au milieu de son repas pantagruélique, une main se posa sur son épaule et la serra. Kevan continua de manger et demanda à Zegovax s'il avait bien dormi.

— Oui, ma belle, mais sans toi !

Kevan se retourna doucement. Elle regarda son mari avec effroi.

— Tu viens avec moi dans les jardins ?

— Tu es toujours aussi calme, aussi sûr de toi !

Sa respiration s'était accélérée, ses mots étaient hachés par la colère.

— Toujours, Kevan ! Allez, viens.

Il l'invita à le suivre, ce qu'elle fit afin d'avoir cette conversation qu'elle désirait tant depuis plusieurs mois. Il marchait doucement près d'elle, la regardant parfois avec des yeux doux et tristes à la fois.

Ils traversèrent le jardin et se dirigèrent vers le bois.

— Tu aimes tellement les bois, je me suis dit que tu y serais à ton aise pour parler.

— Tu as raison !

Ils marchèrent longtemps sans se parler afin de ne pas être entendus avant d'être à l'abri des yeux et des oreilles indiscrètes.

Bruce n'avait pas montré trop d'émoi lors de leurs retrouvailles, aucune émotivité, aucune angoisse. Kevan ne pouvait en faire autant, elle se rappelait leurs disputes, où lui restait impassible et elle finissait toujours par pleurer.

Kevan fut rassurée d'apercevoir le bois. Cette marche avait été un calvaire. Elle ne voulait plus l'affronter, elle aurait bien voulu être remplacée, car elle se sentait incapable de lui dire ce qu'elle ressentait vraiment, incapable de canaliser ses émotions et de les traduire en mots. Elle l'aimait autant qu'elle le haïssait et elle aurait aimé pouvoir lui dire tout cela.

Près du bois, ils marchèrent encore quelques mètres afin de s'asseoir près d'un arbre, comme pour leur première rencontre. Bruce lui prit les mains, ce qui la déstabilisa. Elle avait imaginé qu'il la menacerait pour qu'elle ne révèle rien ou pire, qu'il la ferait culpabiliser. Il y parvenait toujours, non pas parce qu'il avait raison, mais parce qu'il avait plus de vocabulaire, parce qu'il était plus vif d'esprit et qu'il savait tourner toute situation à son avantage.

Ils étaient assis l'un en face de l'autre. Kevan arborait un air triste. Elle avait l'air de quelqu'un qui a peur de souffrir, qui n'est pas prêt. Bruce lui souriait, lui regardait les mains, qu'il caressait. Kevan retira ses doigts.

— Pourquoi m'as-tu fait ça ?

— Qu'est-ce que je t'ai fait de mal ? Ne t'ai-je pas ouvert mon cœur, ma maison ? Je pensais que tu étais morte, tu te rends compte de l'angoisse que j'ai eue ?

— Comment oses-tu me dire ça ? Tu as tué des gens du village !

— Qu'est-ce que tu me racontes ?

— Tu… tu as commandité l'attaque de notre village…

Bruce sourit. Aucune nervosité, aucun froncement de sourcils, aucune inquiétude.

— Tu ne vois pas que Zegovax t'aime ? Qu'il veut que tu me détestes ?

— Tout ce que tu m'as offert venait d'elle !

— Et alors ? Je t'ai tout donné, tout ce qu'on me donnait, je te le donnais. Qu'importe cette femme, on se sert l'un de l'autre et c'est très bien comme ça.

— Tu m'étais infidèle, tu te rappelles notre mariage ? Ton engagement ?

— J'ai veillé sur toi jour et nuit, je t'ai aimée… mais je suis chef de village, je peux prendre une deuxième femme, rappelle-toi !

— Tu ne m'aimes plus ?

Kevan regrettait d'avoir lancé cette phrase, jetée pour se rassurer. Ces mots trahissaient son désir, sa blessure.

Bruce lui sourit comme s'il avait gagné une partie, il lui caressa les mains. Kevan se sentait fondre doucement. Elle était comme paralysée, plus rien ne pouvait l'atteindre et elle s'en voulait d'être aussi lâche, de ne pas s'écouter. Avec délicatesse, elle essaya de retirer ses mains de celles de son mari.

— Comment réagirait-elle si elle savait que je suis toujours vivante ? Où suis-je ?

— À Londinos, ma beauté, près de la mer et juste à côté des côtes gauloises. Ici, tu es chez les Celtes, ces soi-disant barbares qui d'ailleurs sont très amis avec les chefs gaulois, même maintenant, malgré l'invasion des Romains. Ils n'ont pas encore touché les côtes, mais ils ne vont pas tarder. Les Romains savent se battre. Leur chef, Jules César, est un bon stratège. Je ne donne pas cher de nos vies si nous ne nous regroupons pas.

— Les Romains nous taxent de plus en plus, ils nous asphyxient ! Mais tu as dit « près des côtes gauloises » ? Près de chez moi alors ?

— Oui !

— Où est mon fils ?

— Il va très bien, une nourrice s'en occupe.

— Quand est-ce que je pourrai le voir ?

— Tu es pressée de partir ?

— Ne joue pas avec moi, tu t'es assez moqué de moi comme ça.

— Tu ne m'écoutes pas quand je te parle ou quoi ? J'ai récupéré tous nos hommes. Je fonde un empire en regroupant plusieurs tribus celtes afin de combattre les Romains. Personne ne t'a trouvée. D'ailleurs, où étais-tu cette fameuse nuit ? Tu n'étais pas près de notre fils que je sache !

— Je… je voulais voir d'où venait le bruit, je me suis cachée dans un arbre et j'ai vu ces hommes massacrer les nôtres et voler notre enfant.

Kevan se mit à pleurer, le revoir était déjà trop d'émotion pour elle.

— D'ailleurs, as-tu revu Agur ?

— Agur ? Non, certainement pas. Il paraît qu'on vous voyait souvent ensemble tous les deux…

Kevan hésita avant de répondre. Elle savait qu'il l'éloignait du sujet principal afin de la manipuler et de la faire culpabiliser.

— Bruce, je vais partir et reprendre mon enfant.

— Partir ? Avec Zegovax ?

— Avec ou sans lui.

— Tu n'emmèneras pas Tarak, tu resteras ici avec moi, je suis ton mari. Tu m'as suivi jusque dans mon village, puis tu as réussi à me retrouver. Si cela ne s'appelle pas le destin, il faudra que tu m'expliques.

— Non, Bruce, je vais retrouver ma famille et élever notre enfant loin de la guerre, loin de cette ville.

— Tu n'y arriveras pas toute seule.

— Tu ne m'aimes pas, Bruce, tu ne sais pas ce que veut dire aimer, tu ne sais pas ce que j'ai enduré depuis cette horrible nuit. Tu ne pourras pas réparer mon passé, j'ai vu mourir des gens, j'ai failli être emprisonnée.

Kevan se leva, coupant court à cette conversation qui ne lui avait rien apporté, l'avait laissée dans le flou, ne sachant plus quoi penser. Elle n'avait obtenu aucune réponse à ses questions et ne savait pas où était la vérité. Elle regarda autour d'elle pour chercher où son mari avait pu cacher leur fils.

— Laisse-moi au moins l'embrasser une dernière fois.

— Je t'amène Tarak ce soir, tu deviendras sa nouvelle nourrice. Rentrons maintenant.

— Tu voudrais me forcer à vivre auprès d'un homme qui dormira tous les soirs dans les bras d'une autre ?

— Arrête de penser l'amour de manière aussi limitée ! Quelle importance ce que je fais et avec qui, tu ne vois pas l'intensité avec laquelle je te parle ? Tu ne vois pas que je serai toujours là pour toi ?

— Mais sais-tu ce que c'est qu'aimer, Bruce ?

— Kevan, tu es un peu jeune pour estimer en savoir plus que moi.

Bruce lui prit la main, puis la conduisit vers la grande muraille où se trouvait la noble. Kevan prit le chemin vers sa chambre. Zegovax ne s'y trouvait plus. Kevan ressortit de la pièce et demanda à l'un des hommes où se trouvait le sorcier.

— Il est parti. On lui a demandé de quitter les lieux, Cartimandia lui a offert assez d'argent pour qu'il vive tranquille.

L'isoler, Bruce voulait l'isoler afin de la faire plier. Zegovax n'avait pas dû partir de lui-même ni pour aucun trésor, ils l'avaient forcé.

Le soir arrivait. Kevan était restée allongée toute la journée à réfléchir à ce qu'elle devait faire, aux décisions à prendre. Souvent, elle restait prostrée après un coup dur, comme si elle essayait de ne pas penser à ce qui venait d'arriver.

Elle allait devoir revivre avec Bruce et sa maîtresse afin de pouvoir approcher son enfant. Le soir, durant le repas, entourée de nombreuses personnes du village, elle attendit le retour de son mari, mais plus comme avant, plus comme le retour de son bien-aimé. Elle le voyait désormais avec un regard différent, avec les yeux d'une femme qui savait ce qu'elle aimait réellement et ce qui n'était qu'un feu de paille. Bruce alla s'asseoir à côté d'elle.

— Je garderai mon enfant ici !

Bruce lui sourit, il était ravi de cette nouvelle. Durant le repas, Kevan regardait autour d'elle, elle se sentait seule, mais n'arrivait pas à s'isoler dans ses pensées. Elle subissait cet entourage hostile, le cœur serré. Bruce posa sa main sur sa cuisse et la lui serra. Kevan apprécia le contact, mais pas l'homme.

— Je ne te l'ai pas dit tout à l'heure, mais tu t'es musclée et tu es encore plus belle.

— Je n'ai en effet pas toujours pu manger à ma faim. Où est Tarak ?

— C'est le petit que tu vois dans les bras de la femme en bout de table.

Kevan eut un frisson dans la nuque quand elle entendit cette réponse. Elle regarda dans la direction indiquée et vit un petit bonhomme assis sur les genoux d'une femme. Kevan se leva de table et se précipita vers eux. La femme eut un mouvement de recul et voulut garder l'enfant quand Kevan le lui prit.

— Je suis sa nouvelle nourrice, donne-le-moi tout de suite.

Kevan fixa la femme intensément, les yeux remplis de haine. La nourrice regarda Bruce, qui lui donna son accord par un signe de tête. Kevan prit son enfant dans ses bras et s'éloigna de la table pour l'emmener dans sa chambre. Elle le serra très fort contre elle, puis le fit s'asseoir sur le lit afin de l'examiner de la tête aux pieds. Tarak suçait son doigt et essayait d'attraper les cheveux de Kevan en babillant. La jeune mère en avait les larmes aux yeux. Elle riait, lui chatouillait les pieds, lui parlait.

— Tu es content de revoir ta maman, je t'ai manqué ? Je te raconterai tout quand tu seras grand. Tu verras, tu seras fier de ta maman. C'est ça, l'amour, Tarak, c'est te chercher et se sacrifier pour rester auprès de toi. Ta maman t'aime, Tarak. Tu sais dire « maman » ?

Elle resta près de son enfant, le serra dans ses bras, joua avec lui. Plus tard, elle le ramena à la tablée pour le faire manger.

La princesse regardait Kevan comme une concurrente, une rivale dans le cœur de Bruce. Quand elle les voyait réunis autour de Tarak, elle voyait une famille, de l'amour.

Kevan installa le petit lit qui servirait à son fils pour les nuits à venir. Elle prit ses quartiers dans sa nouvelle chambre, cette nouvelle demeure, ce nouveau paysage.

Un jour, tandis qu'elle promenait son fils dans le village de Londinos, quelqu'un cria son nom.

— Adix, tu es vivant ?

— Oui ! Et toi aussi, tu… tu es revenue ?

En regardant le visage de cet homme, elle vit celui d'Astria et son cœur se serra. Ne trouvant pas les mots adéquats, elle lui annonça la terrible nouvelle.

— Je dois te dire tout d'abord… Astria est morte.

— … Je… j'aurais dû m'en douter, répondit-il, choqué.

Adix baissa les yeux, rougis. Kevan ne savait ni comment réagir ni comment le consoler. Digne, il essaya de ne pas montrer sa peine.

— Elle n'a pas trop souffert ? Tu étais avec elle ?

— Oui, nous nous sommes enfuies toutes les deux après la bataille, nous avons beaucoup cheminé ensemble.

— Elle n'a pas trop souffert ?

— Pas trop, mentit Kevan, ça a été très rapide, elle avait mangé des baies empoisonnées sans le savoir…

— Oh ! Tu étais avec elle tout le temps ? Comment es-tu revenue ici ?

— Je ne sais pas trop. Après sa mort, je suis passée par de nombreux périples, mais ça n'a plus d'importance.

— C'est Tarak ?

— Oui, c'est mon fils et j'ai retrouvé mon cher mari.

— Tu vis là-haut, avec les autres ?

— Hélas, je n'ai pas vraiment eu le choix. Qu'est-il arrivé au village ?

— Des barbares nous ont pillés et enlevés, nous nous sommes retrouvés dans un bois et par l'action de Cernunnos (dieu gaulois), Bruce et les hommes de Cartimandia nous ont délivrés.

Kevan comprit que personne n'avait su la vérité sur ce qui s'était passé. Si Zegovax avait raison, cela signifiait que Bruce avait payé des barbares pour kidnapper ses propres hommes et avait envoyé ceux de Cartimandia les délivrer avec ou sans l'accord de ces mêmes barbares. Quelle bonne stratégie pour regrouper deux villages qui ne se seraient jamais alliés !

Kevan passa sa journée à se balader avec son enfant, passant par les bois afin de communiquer le bien-être qu'elle éprouvait dans la nature à son fils. Le soir, elle se réfugia dans sa chambre afin d'éviter son mari et sa maîtresse. Bruce partait pour de longues journées et Kevan entendait la princesse se plaindre qu'il doive s'absenter autant. Kevan tentait de dissimuler son agacement.

— C'est tout de même dangereux de vous balader en forêt, il y a beaucoup de loups dans les environs.

— Depuis le temps que je traverse les bois, il m'est certes arrivé d'en voir, mais ils ne m'ont jamais attaquée.

— La chance tourne parfois sans prévenir.

— Oui, je sais.

Un soir, Bruce vint voir Kevan et leur fils dans leur chambre.

— Il a vraiment ton sourire, il sera beau et fort !

Bruce serra Kevan dans ses bras, puis descendit ses mains le long de son dos.

— Tu me manques, pourquoi tu t'éloignes de moi comme ça ? Cela fait deux mois que je n'arrive pas à te voir alors que je t'aperçois constamment, ça me rend malade.

Kevan se retourna et se trouva troublée face à l'homme qu'elle avait tant aimé. Bruce posa ses lèvres près de sa joue, puis sur sa bouche. Il passa ensuite sa langue sur ses lèvres et l'embrassa fougueusement. Kevan sentit monter en elle une vague de désir, un désir qu'elle croyait éteint. Elle repoussa Bruce le temps de prendre Tarak pour le porter vers son petit lit. Bruce ferma la porte. Kevan ne voulait pas entendre de remontrances. Elle voulait goûter au bonheur sans se poser la moindre question, juste vivre le moment présent.

Bruce souriait, il était vraisemblablement heureux de la prendre dans ses bras. Il n'eut pas le temps de la porter jusqu'au lit. Ils restèrent à terre, à s'embrasser, à se toucher et à unir leurs corps dans un ultime moment de jouissance. Kevan griffa volontairement le dos de Bruce. Lorsque leurs ébats furent terminés, Bruce caressa les joues de Kevan.

— Ouvre-moi la porte cette nuit, je mange rapidement et je reviens !

— Oui !

Elle n'avait pas envie de réfléchir à ce qui s'était passé. Après tout, elle était toujours sa femme, se rassurait-elle. Elle avait besoin d'une excuse pour masquer son désarroi face à une situation qu'elle ne voulait de toute évidence pas vivre.

Bruce vint la rejoindre presque toutes les nuits qui suivirent. Leurs relations étaient très différentes depuis leur longue séparation. Kevan ne le voyait plus comme son époux à qui elle vouait toute sa confiance. Bien au contraire, elle le considérait comme le père de son enfant, celui qui la rejoignait la nuit et qui ne lui devait rien. Depuis deux ans, elle avait reçu beaucoup de soutien des hommes qu'elle avait rencontrés.

Elle n'était jamais tombée sur des barbares la frappant ou la violentant. Elle n'avait rencontré que des personnes prêtes à l'aider et à l'aimer, mal peut-être, mais l'aimer tout de même. Elle recommençait à rêver, à ressentir cette impression de mélancolie qui la plongeait dans un état de bien-être constant. Elle savait être heureuse. Ses journées se rythmaient avec les choses qu'elle avait appris à aimer : laver son enfant, jouer avec lui, le coucher, faire la sieste, courir dans les bois, réaliser des poteries, faire du cheval. Elle n'était plus seule, son existence prenait de l'importance, car son fils avait besoin d'elle. Il lui apportait jour après jour une satisfaction nouvelle, une nouvelle raison de continuer.

Elle attendait surtout que son enfant soit assez grand pour faire la route.

La princesse devenait de plus en plus méfiante vis-à-vis d'elle, l'observant de loin, la regardant déambuler dans la ville. Un jour, elle vint la retrouver dans sa pièce de vie.

— Dis-moi, comment une devineresse peut-elle devenir nourrice ?

— J'ai perdu mon enfant à la naissance, c'est comme une deuxième chance pour moi.

— Ah ! Toutes mes excuses, tu n'es pas la première que Bruce prend comme maîtresse.

— Ce n'est pas moi qui suis la maîtresse de quelqu'un !

— Qu'est-ce que tu veux dire par là ?

— Je m'entends, mais sois bien sûre que je ne suis la maîtresse de personne.

— Alors essaie au moins de cacher ta grossesse !

La princesse sortit de la salle sans se retourner. Kevan resta interloquée. Qu'est-ce qu'elle voulait dire par là ? Elle regarda son ventre et y vit une rondeur qu'elle avait prise pour une légère prise de poids. Partir enceinte, *Non d'une divinité*, c'était impensable ! Il fallait faire vite. Elle n'y croyait pas, elle n'avait eu aucun malaise, aucune gêne, aucune douleur, elle avait même été réglée.

Les jours suivants, elle se mit à observer son corps, la grosseur de sa poitrine, la rondeur de son ventre. Quelle angoisse ! Comment justifier un tel événement ? Son humeur devint morose, elle ne savait pas comment réagir. De toute façon, il ne fallait pas en parler à Bruce. Il serait capable de l'enfermer pour la garder. Après tout, il était capable du pire.

Un soir où elle couchait Tarak, elle demanda à l'un des serviteurs de veiller sur l'enfant. Elle voulait voir quel chemin empruntait son mari avant de la rejoindre. Elle s'habilla en homme, comme elle avait déjà eu l'occasion de le faire. Elle avait attaché ses cheveux avec une sorte de voile coloré et mis du noir sous ses yeux. Elle partit en direction de Bruce, qui prenait son cheval. Elle se cacha longtemps, espérant qu'il n'irait pas la voir avant. Elle entendit un bruit, puis des pas, Bruce était là. Il venait chercher son cheval pour partir. Kevan avait peur de faire du bruit, elle attendit une bonne minute avant de prendre à son tour un cheval et de le suivre. Elle resta à une distance raisonnable afin de connaître les activités de son époux et de prendre les bonnes décisions.

Il s'arrêta près d'une taverne, une maison où l'on pouvait boire et voir des filles. Des hommes l'attendaient devant la porte. Kevan regarda leur visage, elle reconnut quelques hommes du village, mais pas Agur. Elle décida de suivre Bruce à l'intérieur. Certains hommes rirent en la voyant, trouvant cet homme bien efféminé. Kevan regarda autour d'elle, mais ne vit Bruce nulle part. Elle s'assit à une table afin de faire comme les autres clients et de boire un gobelet d'hydromel. Elle attendit au moins une demi-heure, puis à sa grande surprise, vit redescendre Bruce de l'étage supérieur. Elle se rendit compte qu'elle le fixait la bouche ouverte. Elle se reprit, se leva de table, sortit de cette maison et courut vers son cheval. Elle s'enfuirait dès le lendemain matin, le plus tôt possible. Elle galopa jusqu'à la grande maison et déposa son cheval. Elle retira ses vêtements masculins, les déposa près d'un arbre et se dirigea vers le hameau. Son cœur se mit à s'accélérer. Elle ressentait une forte présence négative. Son instinct voulait qu'elle fasse demi-tour, mais elle pensa à Tarak, seul là-haut dans la chambre. Elle marcha doucement en fronçant les sourcils. Elle avait peur, car son instinct avait souvent eu raison. Elle tremblait de tous ses membres.

Elle arriva près de la porte de sa chambre et l'ouvrit tout doucement. Elle ressentait une pression très forte, l'atmosphère était très lourde. Elle n'osait plus avancer, mais elle se précipita vers le petit lit. Tarak dormait. Elle regarda son enfant, lui remit la couverture sur le corps, puis se retourna pour se diriger vers son propre lit. Ses muscles se raidirent. Elle vit plusieurs ombres dans sa chambre. Elle ne bougea plus, ses mains tremblaient et cherchaient une arme, n'importe quoi. Elle pouvait entendre sa propre respiration. Son cœur battait dans ses tempes à lui faire éclater la cervelle. Elle allait devoir subir un assaut. Un homme s'avança. Kevan se mit à crier de toutes ses forces et se précipita près du grand lit, à côté de la fenêtre. Elle se trouvait au premier étage. Elle voulut sauter, mais un homme l'attrapa par la manche, la fit tourner et lui enfonça un poing dans le ventre. Elle en eut le souffle coupé. Elle tomba à terre, voulut ramper jusqu'à la porte, mais un autre homme la roua de coups de pied au ventre. Elle essaya de le protéger avec ses bras et ses mains tremblantes. Meurtrie, elle se recroquevilla afin d'échapper aux coups qui pleuvaient de toutes parts. Il y avait deux ou trois hommes, elle n'osait plus ouvrir les yeux et attendait que l'orage passe, espérant qu'ils ne veuillent pas la battre à mort. Chaque frappe la faisait se tordre de douleur, elle n'en voyait pas la fin. Elle eut la force de hurler une dernière fois. Les hommes sortirent de la chambre. Kevan se mit à pleurer, elle ne bougeait plus. Son ventre n'était que douleur. Elle saignait des mains, du nez, elle ne pouvait pas se relever. Elle attendit que quelqu'un veuille bien entrer pour l'aider. Or, Bruce n'arriva que très tard. Il vit Kevan effondrée sur le sol. Tarak n'avait pas pleuré, quelqu'un avait dû lui donner une drogue pour dormir, tout cela avait été prémédité.

Kevan avait vu Bruce parler à des hommes qu'elle avait reconnus le jour de l'attaque. Des barbares. Il était complice de tout cela. En la voyant ainsi, Bruce se précipita sur Kevan et essaya de la relever, mais celle-ci hurla de douleur.

— Aidez-moi ! cria-t-il.

Kevan partait, elle s'en allait dans un semi-sommeil, comme pour son accouchement. Elle s'éloignait du monde réel pour rejoindre un autre univers plus calme, où sa douleur s'atténuait. Bruce lui donnait des claques pour qu'elle ne sombre pas, les hommes l'avaient frappée trop fort.

Kevan entendait des bribes de phrases, des mots. Elle se voyait allongée dans un pré, un loup affamé arrivait près d'elle,

elle le fixait. Quand soudain son corps se transforma, le loup recula, effrayé. Kevan devenait loup elle aussi. Elle utilisait les mêmes forces que ses adversaires, elle voulait les combattre avec leurs propres armes.

« Tu crois qu'elle est morte ? » … « Ça suffira, laissez-la maintenant » … « C'était beaucoup trop fort » … « Il faut qu'elle parte ! »

La jeune femme ouvrit un œil, puis l'autre, mais la douleur trop vive la replongea dans un sommeil profond. Elle écoutait toutes ces phrases qu'elle mettait en scène dans ses délires. Une femme lui parlait dans son sommeil : « Cartimandia est enceinte », « la princesse est enceinte ». Kevan reconnut cette voix, c'était celle d'Astria.

Quand Kevan se réveilla, elle était seule et son ventre était entouré de bandelettes. Ses draps étaient tachés de sang. Elle avait perdu son enfant.

Kevan eut beaucoup de mal à retrouver le goût de vivre, elle avait la certitude que Bruce avait découvert qu'elle était enceinte et qu'il avait lui-même commandité cette attaque pour éviter de chasser Kevan si elle devait accoucher de lui. Il voulait être sûr du résultat. Il pouvait en être fier, il avait tué son propre enfant.

Durant les jours qui suivirent, Kevan ne s'alimenta que rarement. Elle avait le regard vide. Peu à peu cependant, elle réapprit à marcher avec l'aide de serviteurs. Mais elle refusait qu'on la touche.

— C'est peut-être toi qui m'as frappée cette nuit-là, ordure. Qu'on ne me touche pas ! disait-elle aux serviteurs.

Elle marchait pas à pas, se tenant le ventre, allant voir son fils une fois par jour. Cartimandia vint voir Kevan dans sa chambre un beau matin.

— Je suis désolée de ce qui t'est arrivé, ça devait être des voleurs, tes bijoux ont disparu.

— Bien sûr, bien sûr, c'est pour cela d'ailleurs qu'ils m'ont attendue !

— Je... je ne sais pas quoi te dire, ça n'est jamais arrivé auparavant.

— Il n'y a rien à dire, il est inutile de venir me voir, je prédis beaucoup de malheurs à venir sur ce peuple, ce sera ma seule satisfaction. Jules César n'est pas loin, son armée est très puissante et ses hommes violent les femmes en plus de les tabasser !

— Je comprends ta colère, mais je t'assure que je ne sais pas ce qui s'est passé...

Kevan lut dans les yeux de cette femme toute son impuissance. Elle n'avait plus aucun doute sur le nom du commanditaire de l'expédition.

Elle ne songeait qu'au moyen de punir le coupable et de tuer les auteurs de ce crime. Elle s'était sentie si faible ce jour-là, elle s'en voulait. Elle comprenait dorénavant le désarroi d'Astria, le besoin de s'isoler, d'oublier, de ne pas affronter ses souvenirs. Cet acte de barbarie lui avait fait perdre sa confiance en elle, perdre sa dignité, lui avait fait découvrir ses faiblesses. Et pourtant, les coups, elle y était habituée.

Bruce vint un soir pour lui apporter son dîner. Kevan lui lançait des regards de haine.

— Tu te sens fautif de quelque chose pour baisser les yeux comme tu le fais ?

— Je n'étais pas là ce soir-là pour te protéger…

— En effet, on ne peut pas tout faire non plus, s'occuper des poules et des colombes.

— Qu'est-ce que tu veux dire par là ?

Bruce lui lança un regard froid qui glaça les os de Kevan. Elle avait visé juste.

— Évite de trop penser, Kevan, ce ne serait pas bon pour ta santé !

— J'éviterai !

Kevan eut peur de la réponse de Bruce, très peur même, il était vraiment dangereux. Il se leva, voulut partir, puis se retourna vers Kevan et lui prit les mains.

— Je t'aime toujours, Kevan. Tu ne partiras pas d'ici, nous resterons ensemble. Je ne viendrai te rendre visite qu'à certaines périodes afin d'éviter que tu tombes enceinte, cela pourrait rendre Cartimandia jalouse.

— Ta princesse, ce serait ta princesse qui m'aurait fait ça ?

— Je n'en suis pas sûr !

Kevan fit semblant de le croire, elle eut même le courage de lui caresser les cheveux.

Au bout d'un mois de convalescence, elle put marcher de nouveau. Elle se rendit au village pour retrouver Adix. Chaque jour, elle allait le voir afin de lui parler de ce qu'elle subissait, de l'attaque imminente des Romains ou de son départ précipité avec Tarak. Adix refusa d'admettre qu'elle s'en irait jusqu'à ce que Kevan lui parle de la voix d'Astria qu'elle entendait pendant son sommeil. Tout cela était faux, mais Kevan avait besoin d'une aide, d'un soutien.

— Je te dis que la princesse est enceinte, Adix. Astria me l'a dit. La princesse n'aurait jamais commandité cette attaque sur moi, elle est enceinte comme je l'étais. Bruce est un assassin, il ne veut que régner, il va vous conduire à la mort.

— Comment veux-tu que je te couvre ? Qu'est-ce que je peux faire, voyons ? Je ne quitterai pas mon village.

— Trouve-moi des vendeurs qui voudraient bien m'emmener.

— Pas une femme.

— Présente-moi comme un pêcheur veuf qui part avec son fils rejoindre sa famille.

— Un homme ? Mais Kevan, tu ne ressembles pas du tout à un homme !

— Je vais y arriver, Adix.

La fuite

C'était la seule chose qu'elle savait faire, fuir. Encore fallait-il que Bruce ne songe plus à la récupérer. Il devait la croire morte. Elle décida de faire un voyage en mer avec son fils. Elle en parla à Bruce, lui prétextant qu'il fallait que le bébé s'habitue, pour ne pas être malade en mer.

— Tu ne peux pas partir seule, Kevan !

— Je n'irai pas loin, voyons, je prendrai ces bateaux que vous taillez juste pour une journée. Des hommes seront sur la plage pour voir ! Bruce, je sais très bien nager, je n'irai pas plus loin que dix mètres au large, je prendrai cette corne pour appeler en cas de besoin.

— D'accord, si ça peut te faire plaisir.

Kevan alla le matin déposer son fils chez Adix. Elle prit un drap, qu'elle enroula en forme ovale, pour mimer son enfant. Elle partit avec ce drap, sa corne et des vêtements d'homme pour prendre la mer. Les marins la saluèrent quand ils la virent partir avec son « bébé » sur ce petit bateau. Kevan prit le large, puis attendit un petit moment. Elle avait dépassé un premier rocher qui pouvait la cacher. Elle sauta dessus, attacha le bateau. Elle devait faire très vite. Lançant le drap à la mer, elle frappa de toutes ses forces la coque du bateau contre les rochers, puis lâcha la coque fendue, qui glissa à travers les fonds marins. Kevan se précipita pour se changer et revêtir les vêtements d'homme. Elle se mit un voile sur la tête avant de jeter ses propres habits à l'eau.

Elle souffla de toutes ses forces dans la corne, puis la jeta elle aussi. Elle se lança à toute allure à travers les rochers. Elle escalada la roche afin d'atteindre l'autre versant de l'île.

D'une oreille, elle écoutait les appels et l'agitation des hommes tout en conservant son rythme. Elle se dirigea vers la maison d'Adix.

Une fois arrivée, elle saisit un couteau et la sève de pin qu'elle avait préparée la veille. Elle se coupa une mèche de cheveux, puis la colla au-dessus de ses lèvres. Elle prit son bébé, ses affaires et ses provisions. Adix la regardait sans bouger, étonné de voir la détermination de cette femme. En sortant, elle monta sur un cheval et se lança sans un regard en arrière. Elle se dirigea vers l'est afin d'atteindre les côtes, où des marins l'attendaient pour embarquer.

Kevan chevaucha une journée entière. Tarak fut très sage, il ne pleura quasiment pas. Quand ils arrivèrent au port, ils embarquèrent avec les marins. On lui montra le pont qu'elle devrait nettoyer pour payer le trajet.

Son regard caché par ses cheveux et la moustache lui donnaient malgré tout l'allure d'un frêle jeune homme.

L'amitié inattendue

La traversée fut rapide, Kevan débarqua avec tout le monde, comme si de rien n'était, sur les côtes gauloises, dans la région osisminienne.

Elle avait son enfant dans les bras, son sac sur l'épaule et l'argent donné par Adix.

Tarak lui souriait et s'amusait de son déguisement. Kevan se persuada qu'il ne ressemblerait pas à son père, il avait les yeux clairs, les cheveux blonds. Le cœur lourd, elle marchait sur le sable. Elle avançait doucement, ne sachant trop où aller. Elle devait rejoindre son père, sa famille, mais se demandait si elle devait leur imposer sa présence.

Décidant d'une pause, Kevan s'assit par terre pour jouer avec son enfant. Elle imagina Bruce, se demanda s'il était plus en colère que triste. Il n'était pas idiot, il essaierait de venir la chercher. Il comprendrait la supercherie, on ne peut trouver des vêtements sans corps. Elle se dirigea non pas vers son village, mais vers la ville. Elle cachait sa poitrine dans un bandage très serré tandis que sa longue tunique en laine lui couvrait le corps. Elle avait mis un pantalon, les braies, afin de cacher la finesse de ses jambes et des souliers de cuir. Son corps musclé la faisait ressembler à un jeune homme un peu fluet. Elle observa ses compagnons de route et aborda l'un d'entre eux.

— Tu vas dans quelle direction ?

— Moi ? Je rentre dans mon village revoir ma femme. Et toi ?

— Moi, je suis veuf, tu connais quelqu'un qui va en ville ?

— Heu… oui ! Tiens, demande à Vegocix, là-bas.

Kevan regarda au loin et aperçut un homme très grand et assez corpulent qui portait la moustache et de très longs cheveux. Elle se dirigea vers lui.

— Vegocix, il paraît que tu dois retourner en ville ?

— Oui, j'y ai ma boutique là-bas, je me fais de l'or sur le dos des Romains.

— Est-ce que tu accepterais d'avoir de la compagnie le temps du trajet ?

— Bah oui, bien sûr !

Ce grand gaillard respirait la gentillesse sous ses airs bourrus. Kevan était triste, elle se sentait proche de ses racines et devait pourtant repartir. Elle ne se sentait pas la force d'affronter sa famille et redoutait le retour de Bruce. De plus, elle ignorait quel accueil son père lui ferait. Il pourrait la chasser directement ou pire, frapper son enfant. Pourtant, il n'était pas comme ça avant…

Elle devait s'exiler encore une fois, juste le temps de se faire oublier. Bruce viendrait la chercher, mais il chercherait une femme avec un bébé et non un homme. Son corps svelte et musclé la rendait androgyne, mais elle espérait ne pas craquer. Il fallait tenir le coup quelques mois, quitte à revenir au village de son père sous une autre identité.

— Bien, Vegocix, nous te suivons.

— Alors comme ça, tu es veuf ? Si jeune ?

— Oui, ma femme est morte en accouchant, je ne supportais plus de vivre dans notre maison sans elle.

— Moi, je n'ai pas de femme, donc pas d'enfants. Il est mignon, ce petit gars, il s'appelle comment ?

— ... Jules.

— C'est romain comme prénom ?

— Oui, sa mère venait de Rome, je l'ai retirée à sa famille lors d'un de mes voyages.

— Ah ! Ah ! Ils doivent te détester !

— Je ne les aime pas non plus.

— Tu sais compter ?

— Bien sûr, lire aussi, j'ai même appris le latin pour mon fils !

— Alors tu vas me servir. À chaque fois que je marchande avec l'un de ces grognards, il me parle en latin, histoire que je ne comprenne rien.

— Je pense que nous pourrons nous aider mutuellement.

— Tu as un travail qui t'attend là-bas ?

— Heu, non, pas encore, mais je trouverai sur place.

— Non, écoute, le temps que tu t'installes, tu m'aideras pour la vente. Ensuite, on verra, ça te dit ?

— Très bien, je te remercie.

— Au fait, c'est quoi, ton nom ?

— Astri.

Kevan devait s'habituer à son nouveau prénom ainsi qu'à celui de Tarak, « Jules ». Beaucoup de contraintes ! Ses blessures lui faisaient mal, sa santé n'était pas florissante depuis l'intervention de ces hommes dans sa chambre. Son bébé l'appelait « maman » et elle se justifiait en disant que c'était le seul mot qu'il connaissait. De toute façon, Vegocix ne connaissait rien aux enfants, il n'avait pas de famille.

Vegocix l'emmena près de son village, dans une grande maison où il logeait au premier étage. Sa boutique de vannerie était au rez-de-chaussée. Il vendait des peaux, des armes faites à la main, de l'artisanat gaulois pour le marché romain. Kevan l'imitait dans ses mimiques, ses attitudes afin de s'imprégner de son nouveau rôle masculin. Elle essayait de cacher sa voix comme elle pouvait, mâchait toujours quelque chose en parlant, avait la voix enrouée. Elle monta l'escalier et vit qu'il y avait heureusement deux chambres. Elle pourrait se cacher dans la pièce.

— Tu n'as pas de salle d'eau ?

— Pour quoi faire ?

— Bah, pour se laver, bien sûr !

— Ah ! Je m'asperge d'un seau d'eau tous les matins.

— Je ferai de même alors !

— J'ai une jarre pour le bébé, assez grande d'ailleurs.

Kevan descendit dans la boutique pour voir la marchandise. Elle était subjuguée par tant de caractère, ces peaux dont elle ne supportait pas l'odeur plus jeune ravivaient tous ses souvenirs d'enfance. La senteur lui nouait le ventre tant elle interpelait sa mémoire, des images lui traversaient l'esprit, des situations, des sensations. Elle se trouvait dans un monde parallèle, perdue au milieu de ses souvenirs, isolée au milieu de ces odeurs. Son cerveau réagissait violemment à l'odorat, plus qu'à la vue. Revoir une personne ne lui apportait pas plus de sensations que de sentir son parfum, ses sens en éveil étaient décuplés. Kevan avait tout accepté de Bruce par confort plus que par amour. Pour le rêve, pour l'interdit, pour tout un tas de raisons. Mais l'amour n'a pas de raison, il rend beau ce qui nous semblerait inacceptable dans d'autres circonstances.

Kevan devait apprendre à se comporter comme un homme pour le transmettre à son fils. Elle espérait que son enfant, avec l'âge, ne serait pas perdu dans cette situation. Il devait devenir son principal complice.

Kevan remonta l'escalier le cœur lourd, elle trouvait que les événements qu'elle devait affronter étaient pénibles. Elle aurait aimé effacer tout ce qui s'était passé. Elle regarda son enfant qui lui souriait, elle aurait tellement aimé que tout puisse s'effacer, sauf lui ! Le mieux aurait été d'être vraiment veuve dans son cas.

Londinos ne tarderait pas à être attaquée par Jules César. Il venait de conquérir la Gaule malgré les farouches Gaulois et ne tarderait pas à entrer en pays celte.

Sa vie lui semblait désormais triste et morose. Kevan n'arrivait pas à trouver un motif de bonheur ni même une raison de sourire. Elle regardait Vegocix et mourait d'envie de retirer sa moustache, de tout lui dire afin d'être sous sa protection. Elle ne se sentait en sécurité nulle part et ne voulait pas mettre en danger sa famille. Bruce ne risquerait pas de se brouiller avec les Gaulois, ses alliés. Il aurait besoin d'eux en cas d'attaque romaine. Mais sa folie était structurée, calculée, il pourrait envoyer une personne en habit romain pour la tuer et mettre comme cela tout un village dans son camp.

Kevan affronta son premier repas avec un inconnu. Son statut d'homme la rassurait, toutefois elle n'accorderait plus sa confiance comme avant. Elle donna à manger à son enfant en essayant d'avoir une attitude virile. Vegocix était d'une gentillesse à toute épreuve, il insista pour coucher lui-même l'enfant et prépara le repas.

Vegocix parlait à Kevan durant des heures, sa solitude lui pesait et il trouvait en Kevan un ami qui savait l'écouter comme aucun homme ne l'avait jamais fait jusque-là. Il trouvait un confident qui possédait assez d'intuition pour le guider dans ses choix, pour lui expliquer les réactions des uns et des autres, un homme qui possédait un fort quotient émotionnel, sachant écouter et conseiller avec une sensibilité hors du commun.

Kevan devait veiller chaque jour à se couper les cheveux, car ces derniers, longs, fins et soyeux, la rendaient trop féminine. Elle devait également recoller sa moustache chaque matin. Kevan se mettait un peu de craie noire sur les joues afin de foncer les creux et les sourcils. Elle devait veiller aussi, chaque fois qu'elle voulait uriner, à bien se cacher de Vegocix. Une vigilance quotidienne très astreignante.

Lorsque Kevan parlait de sa femme morte, elle pensait à Agur, ses discours devenaient poignants, comme si elle ouvrait une trappe dont elle ne possédait pas la clé pour la fermer et qui s'ouvrait sans prévenir pour la faire souffrir.

Un jour, à l'occasion d'une visite dans une villa romaine pour amener des marchandises, Kevan marchait seule tandis que Vegocix gardait la boutique. Elle sentit son esprit sortir de son corps. Un vide intense s'empara de son âme et elle sentit son pouls s'accélérer, cogner dans ses tempes. Un creux se fit dans son ventre, une angoisse indéfinie lui fit monter les larmes aux yeux. Elle n'arrivait plus à marcher, elle ne savait plus où aller, quoi faire. Elle s'arrêta net. La tête baissée, les yeux rivés au sol, elle revivait ce sentiment de solitude qu'elle avait déjà éprouvé avec Astria, comme un mal qui ne voulait pas partir, une maladie mal soignée, une faiblesse infinie. Là, elle ne voyait plus de solution, plus rien n'avait d'importance. Elle n'apercevait aucune porte, elle étouffait entourée du bonheur des autres. Elle tremblait. Elle hésita, puis fit demi-tour et se mit à courir vers la plaine, le soleil tapait et ses rayons rendaient la nature belle et sereine. Malgré cela, Kevan voyait tout en noir, rien ne pouvait lui remonter le moral. Du moins, c'était ce qu'elle pensait. Elle s'arrêta de nouveau, prit un bol d'air à pleins poumons, puis fit encore demi-tour, le regard baissé. Elle alla voir un client, négocia l'achat de plusieurs peaux, puis rentra sagement s'occuper de son fils.

Vegocix aimait s'occuper de Tarak. Il n'était pas particulièrement passionné par les enfants, mais Tarak était sage. Les gens s'attachaient facilement à lui. Vegocix plaçait Tarak devant les peaux et le laissait jouer avec les têtes d'animaux. Le petit se déguisait en loup. Kevan eut un mouvement de recul en rentrant un soir, en voyant son fils avec une peau de loup. Elle la lui retira et lui donna une peau de renard à la place.

— Tiens, mon bébé, fais plaisir à mam… papa !

— Il est mignon, ce petit. Il ne chouine jamais, tu as quand même un comportement trop maternel avec lui !

— Ah ! Ah ! Oui, je sais bien, on ne se change pas comme ça.

Kevan appréciait l'ambiguïté. C'était un jeu auquel elle participait aisément, il suffisait d'avoir une très bonne mémoire afin de mentir, d'incarner son rôle comme dans ses jeux d'enfance.

Les jours suivants, elle retrouva le sourire. Ne sachant quoi faire, où aller, quand partir, elle décida d'aller voir son village habillée en homme. Elle avait tout de même laissé pousser ses cheveux, qui lui cachaient dorénavant le visage. Elle avait confectionné une barbe avec quelques mèches de cheveux qu'elle attachait derrière l'oreille grâce à un fil qu'elle recouvrait de mèches. Son visage était totalement dissimulé, on ne voyait que ses yeux. Son allure svelte et musclée lui donnait un air de jeune homme sympathique, voire avenant. Elle s'amusait à découvrir qu'en homme, elle avait de l'allure, malgré un style atypique. Elle travaillait beaucoup, marchait des heures afin de promouvoir la vannerie, emmener des échantillons.

Un soir, elle prit donc son cheval, laissant Vegocix s'occuper de Tarak, puis partit en direction de son village. Elle était à une heure de route. Sur le chemin, mille pensées la traversèrent, son cœur battait à tout rompre à l'idée de revoir son petit frère, son père, sa petite sœur ! Comment allait-elle réagir ? Le chemin lui parut trop court, elle avait imaginé toutes sortes de scénarios aux fins diverses. Elle arriva à l'entrée de son village, déposa son cheval à l'entrée de la taverne. Tandis qu'elle regardait l'entrée, sa gorge se noua. Puis, elle entendit des bruits de pas qui s'accéléraient, un aboiement… Fugueur ! Son chien l'avait reconnue, elle avait totalement oublié ce risque. Elle se mit à rire et entraîna son chien un peu plus loin afin de le caresser. Le chien lui lécha le visage, se jeta sur elle. Kevan se mit à rire, étonnée de la clairvoyance de son vieux compagnon. Elle qui aimait tellement les animaux, qui s'était habituée à son second chien comme au premier. Elle lui lança un bâton au loin afin d'avoir le temps d'entrer dans sa demeure. Quand elle ouvrit la porte, elle entendit son cœur battre dans ses tempes.

À l'intérieur de la taverne, les habitués et autres clients mangeaient. Elle s'assit tout de suite à une table afin de ne pas être troublée. Elle n'osait pas lever les yeux, elle avait l'impression que tout le monde la regardait, que son trouble se voyait, que son père l'avait reconnue. Mais personne ne l'avait remarquée, car peu de gens sont capables de ressentir ce que vivent les autres. Elle leva les yeux pour mieux voir l'environnement. Elle y vit le comptoir, les jambons accrochés, l'escalier, qui lui rappela le sien. Elle imaginait sa chambre, certainement devenue une cave afin d'entreposer plus de choses. Elle observait autour d'elle : une petite fille courait, parlait à tout le monde. Elle avait des yeux très clairs, des cheveux blonds en longues tresses, c'était une jolie petite fille. Kevan la fixa plus intensément et reconnut la frimousse, le déhanchement, les attitudes de sa petite sœur, celle qu'elle avait vue naître, qui lui cueillait des fleurs.

Deux ans qu'elles s'étaient quittées, cela lui semblait si peu et pourtant, trop de sentiments s'étaient perdus depuis. Kevan avait honte, honte de revenir dans cette famille qu'elle avait trahie et qui l'avait trahie aussi. Elle songea avec une pointe d'amusement que sa petite sœur était désormais la tante d'un petit garçon d'un an. Peut-être que sa famille l'aimait assez pour encaisser la souffrance qu'elle leur avait infligée ? Peut-être qu'ils préféreraient le bonheur de la revoir plutôt que le chemin de la fierté en la bannissant ? Peut-être que la leçon avait servi à son père ?

Un jeune homme s'approcha d'elle pour lui demander ce qu'elle voulait manger.

Kevan vit qu'il avait les yeux rougis et qu'il faisait en même temps les gros yeux à la petite fille. C'était son frère, celui avec qui elle s'était souvent battue, le premier homme à qui elle avait dit « je t'aime » et d'ailleurs, le dernier. Malgré tout ce qu'elle avait vécu, elle réalisa qu'elle n'avait jamais dit « je t'aime » à Bruce. Elle regarda cet homme, son cœur s'accéléra, elle avait envie de lui dire tout simplement : « Brannan, c'est moi, c'est Kevan ! ».

Alors qu'elle croisait son regard, elle vit le jeune homme passer du stade impatient au stade interloqué. Elle répondit :

— Du jambon et de la cervoise, merci !

Le jeune homme repartit, puis se retourna pour la regarder une autre fois. Kevan baissa les yeux, elle ne voulait pas qu'il la voie, pas comme ça.

Elle regarda autour d'elle. Aucune trace de son père. Elle eut une angoisse. Et s'il était mort ?

Ça ne pouvait pas se passer comme ça, la vie ne lui aurait pas fait payer jusqu'au bout. Malgré tout, tous les extrêmes existent. Il n'y a pas de juste milieu, il peut ne pas exister de fin aux malheurs. Quelques personnes peuvent tout vivre en une seule fois, une seule vie. Non, décidément, elle n'y croyait pas. Ceux qui sombrent sont ceux qui n'ont pas eu la force de remonter, ils accumulent le malheur en étant négatifs. Non, elle refusait la fatalité, son père devait s'être couché ou bien être parti se promener, quand bien même, il était vivant.

Elle regarda sa petite sœur du coin de l'œil. Elle savait que son frère l'observait. Il ne la regardait pas pour l'espionner, mais il avait un air étonné, curieux. Il avait envie de sympathiser avec elle, car elle lui inspirait quelque chose de positif. Kevan décida de lui parler, de prendre le risque d'être démasquée !

Brannan arriva près d'elle pour lui demander d'où elle venait. Kevan lui répondit qu'elle s'appelait Astri et qu'elle venait de Londinos, en Armorique.

— Oui, nous avons pas mal de commerçants qui viennent acheter chez nous.

— Notamment un homme assez grand, aux yeux noirs, non ?

— Il y en a beaucoup comme ça chez les Celtes !

— Non, ils ont plutôt les yeux clairs, je te parle d'un grand gaillard qui vient sûrement parfois. Il était le chef, ou plutôt le pseudo-chef, d'un village celte d'Armorique.

— Non, je ne vois pas, nous avions de l'animosité envers certaines personnes, mais dorénavant, c'est fini.

— Pourquoi n'en auriez-vous plus ?

— Nous sommes alliés !

— Ah oui ? Suite à quel événement ?

Kevan attendait sa réponse comme un soulagement.

— À cause de Jules César, bien sûr ! Nous ne nous sommes toujours pas mis sous sa protection, mais je pense que ça ne saurait tarder.

Kevan était déçue, il l'avait oubliée. Elle essaya de poser plus de questions. Elle sentait Brannan très ouvert, comme soulagé de trouver un partenaire qui le comprenne.

— Tu… tu es marié ?

— Bientôt, je vais épouser Adia, une fille du village voisin !

— Ah oui… Euh, je veux dire, ah bon ? C'est beau, l'amour, mais ce n'est pas évident de se marier avec quelqu'un qui n'est pas du village, non ?

— Non, pas vraiment, en effet, mais quand on aime, on trouve toujours les meilleures raisons d'épouser telle personne plutôt que telle autre.

— Je suis déjà venu ici il y a deux ans, mais je ne suis jamais entré dans la taverne !

— Ah bon ?

— Oui, que devient le forgeron, le fils ?

— Il devait se marier avec ma sœur, je crois qu'il l'attend toujours. Il peut rêver, c'est un pitre qui ne connaît rien de la vie.

— Ta sœur…

— Oui, ma sœur, la plus grande, elle est partie.

— Je ne voudrais pas être indiscret !

— Non, peut-être que tu la connais, elle s'appelle Kevan, elle est partie un soir, on n'a jamais su avec qui. On a questionné toutes les personnes habituées à la voir à la taverne, personne ne se souvenait d'elle… Mon œil !

— Personne ne voulait de problèmes ?

— Elle a fait son choix et je la comprends…

— Tu ne la juges pas ?

— Non, comment le pourrais-je ? Tout le monde doit faire des choix dans la vie, on ne peut pas naître à l'endroit où l'on veut vivre ni entouré des gens que l'on va aimer, ce serait une superbe coïncidence. Je pense qu'elle a fait le bon choix, celui de partir pour peut-être mieux revenir.

Kevan regardait son frère qui parlait d'elle les yeux perdus au loin. Elle était très émue, il aurait pu lui en vouloir, mais pas du tout, pas l'once d'un reproche, rien. Elle regarda près de la porte d'entrée, où elle sentait une présence connue. Quand la porte s'ouvrit, elle vit entrer un homme comme un prince en son royaume… Bruce ! Elle tourna ses yeux paniqués vers Brannan, qui la regardait perplexe. Bruce pénétrait chez elle, dans son univers. Il s'assit à une table avec des compagnons de voyage, puis commanda à manger. Il tourna les yeux vers Kevan, qui fit mine de se plonger dans son assiette. Bruce tourna la tête, il ne l'avait pas reconnue. Quel gâchis ! Elle avait l'impression d'être le témoin privilégié de ses fautes. Elle regardait son passé et son présent en même temps. Brannan servit Bruce, lui serra la main. Personne ne savait, ça voulait dire que depuis le début de leur relation, Bruce revoyait son père et faisait comme si de rien n'était. Comme s'il ne savait pas où était sa fille ! Le monstre, un démon ! Kevan avait été séduite par le mal, il ne pouvait en être autrement. Elle regardait l'homme qui avait été son mari. Elle ne le trouvait plus du tout attirant, elle lui trouvait le teint jaune, les yeux cernés, l'allure grotesque. Elle le méprisait.

— Tiens, tu vois ce grand gaillard, lui dit Brannan, ça faisait au moins six mois qu'on ne l'avait pas vu !

— Depuis l'attaque de son village ?

— Quel village ?

— Oh, un village celte en Armorique. Je le connais de vue, cet homme, il n'est pas bon de le fréquenter.

— Ils ne sont pas tous mauvais.

— Je vais rentrer chez moi, ça m'a fait plaisir de te connaître.

— Moi de même, Astri.

— Bien, alors à la prochaine fois !

— Demain, nous faisons une fête de célébration, il y aura tous les gens du village et le druide, tu pourrais être des nôtres ?

— Pourquoi pas ? Je viendrai peut-être. Le problème, c'est que j'ai un fils, je dois l'emmener.

— Ce n'est pas un problème, les enfants sont gardés dans la grande maison du village par une nourrice expérimentée.

— Alors, je viendrai.

— Très bien, tu me fais plaisir.

Kevan monta sur son cheval afin de repartir vers la ville où l'attendaient Tarak et Vegocix.

Elle s'amusait de devenir complice de son propre frère. Elle avait pu le voir, regarder l'évolution de son visage, la maturité de ses traits.

Remise en question

Elle regagna sa nouvelle maison, se cacha dans la petite pièce qui lui servait de chambre. Regardant dormir son fils, elle s'allongea dans le lit avec lui, lui caressa les cheveux. Elle pensait à ce qu'elle venait de vivre, à la trahison dont elle avait été victime ainsi qu'au courage qu'elle avait eu de partir malgré la peur de l'inconnu. Elle essayait d'analyser la situation et était impatiente de parler de la fête à Vegocix. Elle ne trouva le sommeil que très tard.

Le lendemain, le chant du coq des voisins ne parvint pas à la réveiller. Elle se leva d'un coup, son bébé ne l'avait pas réveillée non plus. Elle s'habilla rapidement, se déguisa, puis descendit en toute hâte faire le repas de Tarak. Vegocix était dans la boutique. Il parlait fort, comme d'habitude. En la voyant, il lui sourit comme si de rien n'était. Kevan se rassura, elle avait eu peur qu'il soit entré pour essayer de la réveiller.

— Je suis désolé, je ne me suis pas réveillé.

— Ce n'est pas grave, ça fait du bien parfois, des bonnes nuits !

— Oui, en effet… Bon, au travail ! Bébé avec les jouets et moi avec les clients.

Kevan démarra cette journée en songeant que c'était un jour de plus à faire semblant ! Semblant de se connaître, d'occuper un poste, d'avoir une mission. Son corps agissait sans son consentement, sans son âme ! Elle jouait le rôle de sa vie sans savoir à quel moment le rideau allait tomber. Elle jouait à être un homme, un homme qui n'avait qu'un seul but : vendre de la vannerie. Sa voix était enrouée tant elle la forçait à être grave. Elle avait surtout peur pour l'équilibre de son enfant. Elle ne pouvait laisser perdurer une telle situation. Ce soir-là, elle allait revoir son frère, situation ridicule, elle avait trop honte d'avouer qui elle était, de s'imposer, de revenir. Elle avait proposé à Vegocix de venir avec elle et il avait dit oui.

Cette journée lui parut être une parenthèse, une journée durant laquelle, absorbée par ses pensées, elle ne put ni apprendre ni donner.

Le soir, elle partit en direction de son village avec son fils et Vegocix. Lorsqu'ils arrivèrent, elle croisa des gens qu'elle connaissait, elle était heureuse de les revoir. Elle vit Brannan, il lui sourit. Elle aurait voulu faire une accolade à son frère, mais elle se contenta de lui tendre la main. Kevan craignait qu'il se rende compte qu'il tenait une femme dans ses bras. Elle lui présenta son fils, ses yeux brillaient de fierté. Il fallait qu'elle cache son émotion. La nuit qui tombait l'y aidait en durcissant les traits de son visage trop fin.

Kevan regardait autour d'elle, elle respirait l'air environnant, son air, sa source. Elle déposa Tarak chez la nourrice et partit rejoindre le groupe. Elle but de l'hydromel, rit en se mettant la main sur la bouche pour qu'aucun son n'en sorte. Elle plaisantait avec Brannan, attendant le bon moment pour lui parler.

Au cours de la soirée, elle lui posa la question :

— Tu n'as plus tes parents ?

— Si, j'ai toujours mon père, mais il est parti il y a quelques mois.

— Parti ? Pourquoi ? Pour aller où ?

— Il a reçu la visite d'un homme un soir, ils ont parlé longtemps.

— Ah bon ? Un homme, un marchand ?

— Non, pas vraiment, un Celte. Il lui a apporté un message, mon père ne m'a rien dit, mais il m'a demandé de garder la taverne. Il a pris des affaires, de l'argent et s'en est allé.

Kevan resta interloquée, inquiète, elle ne comprenait pas.

— Mais, mais, tu n'as pas posé de questions ? Tu ne sais pas où il est ?

— Non, aucune idée… Enfin si, il y a un mois, un marchand est venu me donner de ses nouvelles, il allait bien. Il fait du commerce vers l'Armorique, vers Londinos.

— Mais… je viens de Londinos !

— Quelle coïncidence ! Il s'y est installé quelque temps, sûrement pour oublier le départ de Kevan.

— Ça lui a fait tant de mal que ça ?

— Tu sais, il a déjà perdu notre mère, je pense que ça lui a fait beaucoup de peine !

— Je… je vais prendre une coupe, tu veux que je t'en ramène une ?

— Oui, s'il te plaît.

Kevan s'absenta pour marcher, Fugueur la suivait pas à pas. Elle se dirigea vers la forêt. Sa tristesse était trop lourde à supporter. Comment vivre lorsqu'on regarde la porte du bonheur et qu'on n'a plus les clés pour entrer ? Elle avait été victime de la tristesse de son père et en partant, il avait compris son erreur.

Elle s'allongea près d'un arbre, son chien se blottit contre elle. Elle réalisa à quel point ce serait dur pour elle et pour les siens de l'accueillir de nouveau. De faire accepter à la communauté qu'un père reprenne sa fille avec un enfant, de la cacher, de cacher leur honte, de vivre en recluse de peur de revoir son mari. Comment pourrait-elle leur infliger tout cela ?

Elle contemplait les nuages à peine visibles dans la pénombre, repensant à la phrase de Brannan : *« Il a reçu la visite d'un homme un soir, ils ont parlé longtemps »* … Elle eut un choc, une vision. Elle était éveillée, mais voyait des images qui la figeaient sur place. *Agur ! Non, c'est impossible, ça ne peut être lui, il est mort, il est mort… Zegovax ?*

Il fallait qu'elle prenne une décision, qu'elle se décide à rompre l'absurdité de sa vie, qu'elle fasse des choix. Elle ne pouvait rester un homme pour toujours. Elle voulait refaire sa vie, aimer un homme, refaire des enfants, revoir son père, lui demander pardon et qu'il lui demande pardon, être elle-même, s'épanouir. Elle entrevoyait des solutions, mais ne savait comment les assumer. Fuir pour mieux revenir ? Ne devait-elle pas la vérité à ses proches ? Les reproches qu'elle se faisait à elle-même devenaient douloureux, sa poitrine se serrait. Elle aurait voulu se blottir contre quelqu'un, une épaule amie, un compagnon.

Être un homme ! Comme elle aurait préféré être un homme, tout serait tellement plus simple. Elle se força à faire le vide dans son esprit et extrapola. Peut-être devait-elle laisser son fils, le faire éduquer par un couple ami qui l'adopterait, son frère, par exemple. Il ne refuserait pas d'adopter l'enfant d'un mort si l'homme qu'elle venait de créer devait mourir en mer ! Non, elle ne pourrait s'habituer à revenir sur ses terres et revoir son fils comme son neveu. Il fallait trouver un autre moyen. Revenir vers Londinos pour rejoindre son père et tout lui dire ? Lui demander pardon, réparer les erreurs ? Kevan eut un mouvement de colère, elle s'en voulait, mais surtout, elle en voulait à la jeune fille qui était partie délibérément. Elle n'acceptait pas de payer aujourd'hui ! Elle avait été séduite, abusée, elle s'était trompée, point final.

Les chefs des différents villages gaulois parlaient entre eux nerveusement. Les druides s'étaient regroupés pour voir les astres. Kevan regardait ce manège. Vegocix vint la rejoindre.

— Tu t'es déjà battu ? Tu sais monter à cheval ?

— Non, jamais… Pourquoi ?

— Une grande bagarre se prépare à Londinos, quelque chose de terrible. Les catapultes sont prêtes, on va tuer du Romain bientôt !

— Qu'est-ce que tu me racontes, Vegocix ?

— Tu n'écoutes pas ce qu'ils racontent depuis tout à l'heure ?

— Non, excuse-moi, je m'étais éloigné.

— Ce n'est pas grave, mais les Celtes vont repousser l'attaque de Jules César, nous allons leur apporter notre aide !

— Tu n'y penses pas, Vegocix ! Les Celtes n'ont aucune chance contre l'armée romaine, pense à ton avenir, à ta boutique !

— Bah, ça m'est égal, je veux être fier de moi. Je ne peux pas les voir de toute façon, je ne pourrai pas vivre toute une vie en devant être humble et reconnaissant face à des êtres qui nous ont mis plus bas que terre. Et comment vivre sans fierté ?

— J'ai un enfant, la vie prévaut sur tout. Vegocix, penses-y !

— Je ne sais pas, mais viens avec nous, tu écouteras les conclusions des druides.

— Je n'ai même pas besoin de les entendre, regarde la tête qu'ils font ! Ce n'est pas fameux. Maintenant, reste à savoir si le village va écouter les prédictions du druide ou bien s'il va passer outre !

— Tu es la voix de la sagesse, Astri !

Kevan repensa à Londinos, à son père qui s'y trouvait. Son mari essayait de raviver la flamme de l'amitié avec les Gaulois afin d'obtenir des forces armées. Il fallait que Kevan se trouve une situation loin de son village. Une situation qui lui permettrait de revenir dans le secret des siens et de vivre sa vie sereinement ailleurs !

Elle songea à faire du théâtre. Après tout, les femmes y avaient leur place. Faire du théâtre, partir avec une troupe, pourquoi pas ? Elle parlait le latin, elle l'avait appris avec sa mère. Telle était la solution : partir pour exister. Mais où et comment ? Pas avec un enfant tout de même. Non, il faudrait aller rejoindre son père avant, vérifier qui était le porteur du message !

Kevan eut un sursaut, elle se rappela la veille de l'attaque la bague qu'elle avait laissée à Agur pour la donner à son père. Il aurait mis plusieurs mois avant de le trouver ? Ou bien se serait-il décidé à aller le voir quelques mois après l'avoir recherché ? Non, il avait dû déposer le présent le jour de l'attaque.

Elle regarda en l'air et se rendit compte qu'elle souriait. Elle pensait à un homme non pas comme à un sauveur, mais comme à un ami, une âme sœur. Elle pensait qu'elle le désirait aussi, qu'elle voulait le revoir. Soudain, un sentiment fort s'empara d'elle, comme surgi du fond du cœur. Elle avait dit un mot magique qui lui permettait d'entrevoir les couleurs, les couleurs de ses sentiments, de ses faiblesses. Et lui, il portait toutes les couleurs. Elle avait une nouvelle force. Elle avait beau regarder autour d'elle, les hommes ne manquaient pas et pourtant, elle ne les voyait pas et ce, depuis longtemps. Sa passion soudaine pour un homme tel que Bruce n'avait été qu'un feu de paille à un âge où, sans référence, on sublime le moindre sentiment, la moindre sensation, chaque événement étant une première fois. Là, elle avait vécu différentes choses, elle avait entendu beaucoup de gens, elle avait côtoyé de nombreuses personnes et là, en autorisant son cœur à vagabonder hors des limites du rationnel, elle souriait. Son cœur battait, tout devenait beau. Elle irait le rejoindre, le messager ne pouvait être que lui ! Elle devait repartir bientôt.

Elle alla rejoindre le groupe, parler avec son frère, écouter les commentaires des uns et des autres sur la prochaine attaque de Jules César.

— Vegocix, quand repartons-nous pour Londinos pour racheter les matières premières ?

— Tu fais bien d'en parler, il vaut mieux y aller au plus vite avant que le vent ne tourne et que je sois obligé de trouver d'autres fournisseurs.

— Bien, je vais préparer nos affaires !

— Heu, oui, si tu veux ! Ça m'arrange, tu vas dire !

Kevan pensait en femme, mais ses initiatives amusaient Vegocix, qui semblait avoir trouvé un ami, peut-être son seul ami.

Elle reprit son activité journalière. Elle commençait à trouver un côté amusant à sa situation. Elle s'en effrayait d'ailleurs, elle se prenait à son propre jeu, comme si elle pouvait tout se permettre, car elle avait pris l'identité de quelqu'un d'autre. Elle agrémentait son personnage de manies, d'attitudes diverses, de phrases types. Elle s'amusait de voir comment pouvait se comporter Vegocix, un homme au naturel sans réserve. Elle découvrait vraiment le monde mystérieux des hommes, l'autre façon de penser de la population terrestre. Elle appréciait cette liberté d'action et de penser qui caractérisait les hommes. Elle était consciente de le trahir quelque part en ne lui avouant pas que ses railleries, ses histoires entraient dans l'oreille d'une femme, qui s'en amusait beaucoup par ailleurs.

Elle prépara quelques affaires le jour J. Elle était inquiète à l'idée de retrouver deux hommes qui avaient une importance capitale dans sa vie passée et future. Elle prit son fils dans ses bras. En le regardant, elle lut dans ses yeux toute la reconnaissance du monde, elle vit dans les yeux de son enfant quelqu'un qui ne la jugeait pas, qui dépendait totalement d'elle et qui, malgré tout, lui lançait des yeux confiants, remplis d'amour.

Vegocix lui demandait son avis pour tout et l'écoutait, non pas par politesse, mais avec un grand intérêt. Par respect pour lui, elle lui dirait un jour la vérité.

Elle amena son fils au village. Elle s'était arrangée avec Brannan pour qu'il le garde le temps de la traversée, « au cas où », comme elle disait ! Elle n'avait pas encore choisi son plan d'action pour retrouver son identité.

Préparatifs de guerre

Ils embarquèrent sur le bateau à destination de Londinos. Kevan respirait l'odeur de la mer, elle s'enivrait du parfum de l'air, de l'iode, elle se sentait en sécurité dans sa peau d'homme. Lors du débarquement, Kevan mit le pied sur l'île, l'endroit maudit où elle avait vécu les pires sensations de sa vie. Tous deux partirent vers Londinos afin d'y acheter des matières premières.

Ils parlèrent durant tout le trajet. Vegocix lui confia qu'il avait du mal à trouver une femme, une femme qui pourrait passer outre son allure imposante pour voir l'homme qu'il était. Kevan lui répondit qu'une femme prêtait aussi attention au soin et qu'un homme qui ne se lavait qu'une fois par semaine pouvait dégoûter une jeune fille. Vegocix fut très étonné de cette nouvelle.

— Mais certaines jeunes filles, excuse-moi, mais tu ne me contrediras pas, ne se lavent pas non plus une fois par semaine.

— Ah oui, c'est vrai, certaines sont sales, en effet !

Le chemin fut pénible, ils n'avaient pas de chevaux. Vegocix lui assura qu'il trouverait des gens pour les redescendre avec les marchandises. Arrivée sur la grande place du marché, Kevan fut étonnée d'y découvrir des préparatifs de guerre, la lutte était proche. Vegocix voulait faire partie de ces gens, de cette bataille, mais Kevan voulait l'en empêcher à tout prix.

— Tu ne te rends pas compte, Vegocix, il ne faut pas se battre pour se battre. L'armée romaine est plus nombreuse et mieux équipée, ce n'est pas le village de Londinos qui va l'effrayer. Dis-moi pourquoi tu veux absolument les rejoindre, que je te comprenne !

— Je ne veux pas vivre dans ce monde dominé par une population assurément intelligente, mais vide humainement parlant. Ils ne comprennent rien aux autres, ils n'essaient pas de nous comprendre, ils tirent une fierté à rabaisser leurs proches. Comment peux-tu vivre avec la haine dans ton cœur ? Je ne veux pas laisser de côté l'unique chance de retrouver notre indépendance.

— Tu connais mon point de vue, tu sais que la vie prévaut sur tout. Le bonheur est subjectif, tu peux vivre sans les haïr et tu peux être heureux. On ne peut pas s'entendre avec tout le monde, le combat est un acte de survie et non de vengeance. Jules César va vous attaquer, il va vous anéantir, il ne fera pas de quartier. C'est le combat de Londinos, tu as déjà fait ton combat en Gaule. Même si tous les villages autour de nous les aidaient, nous ne ferions que nous faire massacrer. Tu veux que notre peuple s'éteigne ?

— Il s'éteindra et tu le sais. Il ne reste plus que la fierté à notre peuple. Sans fierté, tu n'as pas de bases, pas de références. Tu veux que Jules soit mis de côté toute sa vie du fait de sa naissance ?

— Il ne sera pas mis de côté, sa force sera d'exister à part entière au-delà des autres. Nous n'avons perdu ni notre fierté ni nos valeurs du fait de notre nouvel État. Nous sommes toujours des Gaulois, nous nous levons tous les matins pour faire les mêmes choses qu'autrefois.

— Nous sommes pillés par l'État romain.

— Nous sommes solidaires et personne ne meurt de faim dans un village. La solidarité est la plus grande preuve de notre intelligence et de notre supériorité sur les événements.

— Tu ne comprends pas, à moins que l'on me retire le cœur, je ne pourrai vivre avec eux, je ne pourrai me faire une raison !

— Si tu perds ce combat, comment le vivras-tu ?

— Je me respecterai !

— Comment crois-tu que tu vivras après ? Tu reviendras tout simplement dans ta boutique ? C'est utopique, tout sera bouleversé, tu décupleras ta haine. Les combattants que tu auras en face de toi ont une famille, des gens qu'ils aiment, une histoire ! Tu les verras comme des parasites qui ont volé ton passé, qui t'ont ôté le droit d'être comme avant ! Puise ta force de leurs propres forces, ce sont des gens cultivés, ils ont à nous apprendre. Nous pouvons être nous-mêmes et nous renforcer en nous servant de leurs connaissances. Nous n'en serons que plus forts.

— Il faut être patient pour cela, Astri, ce n'est pas la qualité première des Gaulois !

— Il faudra bien que certains survivent afin d'en témoigner !

— Je comprends ta façon de penser, Astri, tu prêches l'attente, la connaissance de l'ennemi afin de le surpasser, mais qui te dit que l'attente ne durera pas plusieurs dizaines d'années ? C'est demain que je veux retrouver mon passé.

— Bien, je veillerai sur tout si cela ne te fait rien !

— Je savais que je pouvais compter sur toi. Tu es mieux qu'une femme, en fait. Tu prends soin de moi, tu discutes, tu sais travailler, que demander de plus ! Ah ! Ah !

— Mais… certaines femmes sont capables de tout ça, tu en trouveras, tu en trouveras !

— Oui, oui, un jour, comme on dit. Pour l'instant, elles me fuient et elles ont raison, je ne suis pas d'une nature raisonnable !

Vegocix préféra tourner à la dérision la conclusion de cette discussion. Il avait peur aussi, mais son caractère faisait qu'il ne ferait jamais marche arrière. La priorité de sa vie tenait dans ce combat, l'éviter était impensable, indiscutable.

Kevan et Vegocix arrivèrent sur la place du marché. Vegocix commençait à négocier les peaux quand elle lui dit :

— Vegocix, je te laisse, je dois aller voir des amis, je te retrouve plus tard !

— Oui, pas de problème, je vais dormir dans la taverne de chez Maïwenn !

— D'accord, je t'y retrouverai ce soir.

Kevan partit en direction de la maison d'Adix. Elle regardait ces gens aux traits durs et à l'allure fière qui marchaient autour d'elle. Elle ressentait la tension, la tension avant combat. Les gens riaient et parlaient trop fort, les catapultes se mettaient en place sur la côte, près de la petite plage. Kevan était fatiguée d'avoir tant marché. Elle s'arrêta devant la maison d'Adix, frappa, mais personne ne vint lui ouvrir. Elle regarda autour d'elle, fit le tour de la maison et vit une femme se diriger vers elle :

— Oui, tu cherches quelqu'un ?

— Heu, oui, je cherche Adix !

— Il est parti avec les autres pêcheurs, il va revenir en fin d'après-midi !

— Ah, c'est dommage, je suis un vieil ami, j'étais très lié avec sa sœur, je…

Kevan n'arrivait plus à penser, elle cherchait ses mots, elle était en pleine confusion, ne sachant à qui s'adresser ni les réelles raisons de son passage.

— Tu veux te restaurer un petit peu, tu as peut-être faim ?

— Ah oui, mais je ne vais pas te déranger, je vais voir à la taverne.

— C'est inutile, j'ai préparé un bon plat et il en reste, Adix n'a pas beaucoup d'appétit.

— D'accord, comme ça, je me reposerai un peu.

Kevan accepta l'invitation. Elle put s'asseoir, poser ses pieds douloureux de la marche qu'elle venait de faire, se nourrir. Ses yeux se fermaient tout seuls.

— Reste dormir, comme ça, tu ne verras pas le temps passer d'ici à ce soir.

— Oui, je ne vais pas lutter plus longtemps, ça me fera le plus grand bien de m'assoupir un peu.

Kevan s'allongea et s'endormit aussitôt. Elle tomba dans un sommeil profond, elle savourait de n'entendre aucun bruit, de ne plus être en éveil permanent.

C'est Adix qui la réveilla. Il lui souriait, il l'avait reconnue.

— Comment vas-tu ?

— Tu as reconnu ton Astri bien vite, mon ami !

— Bien sûr, alors Astri, joli prénom tout de même, bon choix. Tu as bien fait de revenir, le vent tourne, tu ne me reverras peut-être plus !

— J'aimerais que l'on parle de tout ça un peu plus tard.

— Tu as raison, pourquoi es-tu revenue ?

— Il paraît que mon père s'est installé ici.

— Ah ! Excuse-moi, ça me fait rire de te voir comme ça, ton accoutrement est génial.

— Merci, mais au fait, tu t'es marié ?

— Oui, j'avais perdu toute envie de vivre, mais Crevanne m'a redonné la joie. D'ailleurs, je vais être papa !

— Quelle bonne nouvelle, la vie reprend le dessus, je ne te souhaitais rien de moins.

— Ton père, tu me dis ?

— Oui, mon père Abradix, il est venu s'installer il y a un an au moins. Et peut-être qu'une autre personne l'a rejoint.

— Qui donc ?

— Agur !

— Oui, Agur vit ici en effet, il vit dans la périphérie, il n'a pas souhaité revoir Bruce, je ne sais pas pourquoi. Il est venu me voir, il m'a demandé si je t'avais revue il y a longtemps déjà.

Kevan reçut ces mots comme on reçoit des coups de poignard, elle se tenait à une table pour ne pas tomber. Elle fronçait les sourcils, elle aurait voulu courir pour le retrouver. Elle pensait à mille choses en même temps. Elle essayait toutefois d'être maîtresse d'elle-même, elle entendait les battements de son cœur dans son cou, ses mains. Une goutte de sueur perla sur son front.

— Eh ! Mais qu'est-ce qui t'arrive ? Assieds-toi, je t'apporte de l'eau tout de suite.

Kevan but l'eau qu'Adix lui donna.

— Je ne sais pas si je dois être heureuse ou pas ! J'en ai assez de chercher, de rechercher, de fuir, le monde est hostile aux hommes, je suis lasse, tellement lasse de tout ça.

— Tu vas revoir ton père, je pense que tu peux être heureuse, non ? Il doit être avec Agur. Si ton père vit avec lui, ils ne sont qu'à une heure de cheval.

— Je pars maintenant, je te remercie pour tout, Adix. Je t'emprunte ton cheval, tu sais que tu peux compter sur moi.

— Non, je vais t'emmener, je pense que tu es trop perturbée pour y aller seule !

— Je te suis.

L'île aux surprises

Adix et Kevan montèrent sur le cheval afin de parcourir les plaines et d'atteindre le village proche de Londinos. Kevan descendit de la monture au bout d'une heure de trajet. Adix la suivit, tenant le cheval par une ceinture de cuir.

— Comment veux-tu qu'on les retrouve ?

— Il suffit de demander où habite Agur, ça ne doit pas être bien compliqué !

— Oui, c'est vrai, il doit être forgeron comme avant !

Kevan avait les yeux qui pétillaient de joie, elle allait revoir l'homme dont elle rêvait, son cavalier, symbole d'un amour naissant. Elle allait pouvoir se reposer sur lui, l'emmener loin d'ici, retrouver une famille, sa famille.

Kevan entendait les gens parler autour d'elle, elle comprit que l'attaque de Jules César était imminente. Les femmes et les enfants devaient se regrouper pour partir sur une île proche. Elle regardait aux alentours, peut-être qu'elle le retrouverait par hasard. Le hasard l'avait toujours aidée jusqu'à présent.

Adix demandait aux commerçants s'ils connaissaient un certain Agur ou bien Abradix, mais ils ne connaissaient ni l'un ni l'autre. Kevan décida d'attendre à un endroit, avec un peu de chance, elle le rencontrerait bien.

César, de son côté, avait réuni une force formidable pour conquérir l'Armorique. Cinq légions en ordre de bataille, vingt mille hommes au total. Il voulait vaincre le grand chef gaulois : Cassivellaunus. La bataille devait avoir lieu le lendemain. Kevan écoutait les commentaires des uns et des autres, les préparatifs étaient en place. Les femmes étaient averties afin qu'elles puissent partir avec les enfants vers l'île la plus proche.

Kevan n'avait pas compris que les discours qu'elle avait entendus au fur et à mesure étaient réels, qu'il ne s'agissait pas que de mots. La bataille allait faire rage, elle allait être un témoin privilégié de cette guerre. Elle ne voulait pas qu'on lui demande de participer.

Kevan s'élança en courant à travers les collines, frappa à toutes les portes afin de retrouver son père. Elle paniquait, sentait que le vent allait tourner, la mort était proche. L'air ambiant était comme suspendu, les conséquences allaient être terribles pour les Celtes. La coalition entre les chefs gaulois battait de l'aile, la seule difficulté pour les Romains était le fleuve. Des pieux avaient été posés dans la rivière, une grande palissade les accueillait à la sortie du fleuve. Quatre mille chars celtes étaient armés et prêts.

Suivant son instinct, elle courait à travers le village. Adix la retrouva.

— Kevan, je t'ai cherchée partout, je viens de retrouver Abradix !

Kevan se mit à courir vers Adix.

— Où est-il ?

— Là-bas, je lui ai demandé de m'attendre en haut de la colline.

— Tu lui as dit ?

— Je te laisse le soin de le faire.

Kevan se mit à marcher vers la colline, elle avait la gorge nouée, elle retenait ses sanglots. Un rictus déformait son visage, son cœur s'accélérait. Lorsqu'elle fut en haut de la colline, son ventre était contracté à lui en donner des nausées. Elle regarda son père de plus en plus proche, elle avait peur, peur de sa réaction, de pleurer sans rien pouvoir dire. Elle voulut faire demi-tour, puis prit son courage à deux mains pour l'affronter. Elle posa sa main sur son épaule, il se retourna. Il la regarda, interloqué, se leva en fronçant les sourcils. Kevan ne pouvait dire un mot. Sa fausse barbe cachait son visage, mais pas ses yeux, qu'elle avait rouges et en larmes.

Son père ne fronçait plus les sourcils, il arborait juste un air triste. Tous les traits de son visage étaient comme détendus. La tristesse qui émanait de lui était profonde, il venait d'avoir un choc visible en voyant Kevan. Il resta un moment sans parler, puis prononça un mot :

— Kevan !

— Oui, papa !

Il se mit à sourire, un sourire qui lui éclaircit le visage comme par magie. Il prit son enfant dans ses bras et la serra très fort. Kevan ne put retenir ses larmes plus longtemps. Elle serra son père et pleura à chaudes larmes, des sanglots déchirants, mais salvateurs. Des pleurs qui correspondaient à un immense soulagement, toutes ses tensions la quittèrent.

— Je suis désolée, papa, pardonne-moi !

— C'est déjà fait !

Il fit asseoir Kevan. Il avait les yeux rouges de se retenir de pleurer.

— Tu as un drôle de déguisement, je croyais avoir une fille, non ?

— Ah ! Ah ! Oui, je sais, mais ma vie est un peu compliquée. J'ai dû fuir, je… j'ai tellement de choses à te dire, je ne sais pas par quoi commencer… Comment as-tu su que j'étais ici ?

— Au départ, j'ai vu cet homme, Agur, qui est venu me remettre une bague de ta part. Je n'en ai parlé à personne, car je ne savais pas si c'était la vérité. J'ai laissé la taverne à ton frère et je suis parti avec Agur à ton village. Quel choc à l'arrivée ! Agur a couru vers ta maison, il n'a trouvé personne. Il n'y avait plus que des sépultures, le village était habité par de nouveaux arrivants.

— Oui, j'ai laissé cette bague pour toi le soir même de l'attaque de notre village, je m'étais cachée sur un arbre.

— Ça ne m'étonne pas. De toutes les manières, je ne savais plus quoi faire. Puis, nous avons appris que les prisonniers étaient partis vers Londinos, la capitale concurrente de Lutèce. Nous sommes partis tous les deux et durant notre voyage, il m'a raconté ta vie, que j'avais un petit-fils…

— Oui ! Il s'appelle Tarak, mais pour le moment, je l'appelle Jules pour le protéger…

— Oui. En vivant à Londinos, j'ai pu revoir Bruce. Lui ne m'a pas vu. J'ai appris que cet homme, qui est venu chez moi après ton départ comme si de rien n'était, était ton mari.

— Et quel mari !

— Je comprends que tu aies eu envie de liberté et que tu sois partie…

Un silence s'installa, puis il reprit :

— Je n'ai pas su gérer après ta mère, je ne me supportais plus et je ne vous supportais plus… C'est ma faute si tu es partie avec le premier venu… Agur et moi, nous nous sommes installés près de Londinos. Nous espérions te voir. Bruce disait à Agur qu'il ne savait pas où tu étais, mais tu étais avec lui ?

— Pas du tout, je me suis enfuie avec une amie, nous avons traversé des villes, j'ai même été arrêtée et par hasard, je suis retournée là où vit Bruce. Il m'a frappée, bafouée, j'ai peur maintenant, je ne peux pas revenir, il essaiera de me retrouver, je ne sais plus quoi faire, je suis déguisée depuis plusieurs mois maintenant, je n'ai plus d'identité. En plus, si je me rappelle bien, Bruce m'a dit ne pas avoir revu Agur.

Kevan pesait chacun des mots qu'elle prononçait. Elle avait réussi à exprimer ses angoisses, ses doutes, son constat sur sa vie actuelle.

— Oui, j'ai bien compris le problème en te voyant accoutrée de la sorte. Mais où est ton fils ?

— Je l'ai laissé à Brannan. On est devenus de vrais copains.

Kevan éclata de rire en pensant au visage de Brannan quand il apprendrait qu'il gardait son propre neveu.

— Oh, je pense qu'il n'est pas stupide, si je t'ai reconnue, il a bien dû te reconnaître aussi. Je le vois mal faire la nourrice pour un inconnu, tu ne crois pas ?

— Je ne sais pas… il m'en aurait parlé !

— Il attendait que ça vienne de toi. De toute façon, maintenant, tu ne te sépares plus de moi, tu vas arrêter de te déguiser, tu changeras de coiffure et ça ira comme ça, il n'est plus question de fuir. Quant à Bruce, ça ne te regarde plus. Demain, il y aura une grande bataille et je ne donne pas cher de sa peau.

— Je ne donne pas cher de la peau de qui que ce soit.

— Tu es comme ta mère, tu devines ce qui se passe avant tout le monde ?

— Oui, je crois, mais me concernant, je n'ai jamais rien deviné. Où est Agur ?

— Il vit un peu plus haut !

— Il me cherche toujours ?

— Il m'aide toujours, je dirais.

— Comment t'aide-t-il ? Que fait-il, il est toujours forgeron ?

— Oui, il a même participé à la création de certains chars qui serviront au combat.

— Allons le voir, s'il te plaît.

— Oui, bien sûr.

Son père avait l'air de lui cacher quelque chose. Kevan le suivit, retirant sa fausse barbe. Quand ils arrivèrent près de la nouvelle maison d'Agur, elle avait déjà vécu des moments trop forts pour une seule journée. De loin, elle aperçut un homme grand, fort, qui frappait une plaque de fer avec un marteau. Elle se mit à sourire.

— Agur !

Agur se retourna, comme piqué par une abeille. Il essaya de regarder au loin, il vit la silhouette du père de Kevan, puis une silhouette frêle qui s'approchait en souriant. Agur se mit à sourire, un sourire serein peu démonstratif, et s'approcha d'eux. Il serra la main du père, puis regarda qui venait de l'appeler. Kevan se tenait en retrait avec un grand sourire, son cœur battait la chamade. Elle aurait voulu lui sauter au cou. Elle vit Agur se décomposer, puis lui sourire, un sourire empreint de joie et de tristesse à la fois.

— Kevan, ce n'est pas possible, je croyais ne plus jamais te revoir !

Il s'approcha d'elle, puis se décida à la prendre dans ses bras afin de l'embrasser sur la joue. Il la serra un peu plus fort. Kevan s'accrocha à lui. Elle ferma les yeux. Le monde s'était arrêté dans sa course. Le temps s'immobilisait. Elle était dans une bulle de bonheur. Elle entendait le cœur d'Agur, dont le rythme s'était accéléré. Ils n'avaient jamais eu un contact aussi proche de toute leur vie. Il lui semblait que leurs corps étaient en harmonie. Agur se détacha avec peine de cette étreinte, trop rapidement au goût de Kevan. Ses yeux à lui pétillaient de joie et Kevan pouvait y lire tout l'amour du monde. Malgré cela, Kevan eut une inquiétude.

— Je… je vous fais entrer à la maison ? Vous prendrez bien une boisson ?

— Oui, toi aussi, Kevan, tu aimes la bière depuis que tu es un homme ?

Kevan les suivit. Agur lui lançait des regards empreints d'inquiétude, de joie, d'étonnement. Il reprit un air de circonstance, plus posé, avant d'ouvrir la porte.

Kevan marchait en retrait, contemplant son père et Agur. Elle savourait un bonheur unique, l'accomplissement de tous ses espoirs. Sa route se terminait par un renouvellement. Un chemin se fermait pour laisser place à une nouvelle route.

Une femme se tenait debout à l'intérieur, elle décorait des armes avec une pointe. Elle taillait la paume des armes avec délicatesse. Elle était brune et grande, un visage rempli de bonté. Kevan sentit le vide s'ouvrir sous ses pieds. Trop ! C'était trop, il fallait en plus faire bonne figure, regarder encore l'avenir. Non ! Il ne l'avait pas attendue et pourquoi l'aurait-il fait ? Son cœur était soudain devenu trop lourd. Elle souffrait. Elle tourna tout de même la tête vers Agur, qui avait les yeux baissés au sol. Il ne voulait pas affronter son regard et surtout, il ne voulait pas qu'elle lise dans le sien. Il s'était uni avec Celtica le mois précédent. Il ne pouvait revenir en arrière, lui-même aurait préféré ne jamais revoir Kevan.

La jeune femme salua les deux visiteurs avec un grand sourire. Un sourire naïf, innocent, une jeune femme simple à qui on ne pouvait rien reprocher.

Ensuite, ce fut le vide, le grand tourbillon, l'impression de partir, le corps n'est plus, la fatigue n'existe plus, ni le toucher. Juste des sensations qu'on voit sans vraiment les vivre, comme un spectacle.

Kevan sentait son corps se lever, entendait des gens l'appeler, elle n'avait pas envie d'entendre. Non, elle voulait juste un peu de paix, du calme, de la sérénité. Kevan voulait être ailleurs, vivre autre chose, même pour un instant.

Elle sentait qu'elle était allongée. Elle bougeait, essayait de répondre, mais personne ne l'entendait. Elle essayait de ne pas sombrer. Le sommeil profond l'accueillait, mais elle luttait, car elle avait pressenti le risque d'un tel plongeon. Son fils l'attendait, il fallait revenir. Agur lui faisait boire une mixture tandis que son père essayait de la réveiller. Au bout de quelques heures, Kevan ouvrit les yeux. Sa tête tournait et elle avait mal au cœur. Agur lui avait déposé un linge humide sur le front, c'était la nuit, ses yeux étaient ouverts. Agur était penché sur elle, sa femme était au fond de la pièce et son père dormait un peu plus loin. Kevan prit la main d'Agur doucement et la lui caressa. De voir son rêve s'achever lui avait fait un choc. La fatigue, le sommeil, l'amaigrissement, tout avait joué dans son évanouissement. Agur lui sourit, lui caressa le front. Il se leva pour aller chercher une coupe d'eau, en but la moitié, puis lui remit la coupe avec le reste d'eau. Kevan lui sourit, elle prit la coupe dans ses deux mains, Agur posa une main sur celles de Kevan et de l'autre, lui tint le cou. Il l'aida à s'allonger de nouveau en ne la quittant pas des yeux, puis s'allongea à côté d'elle et mit ses bras autour de son cou.

Il la fit boire doucement. Il serra la main qu'il avait posée sur celles de Kevan de plus en plus fort. Kevan leva les yeux vers cet homme, celui qui avait été un moteur invisible l'aidant à traverser toutes les épreuves passées. Elle ressentit le désir de cet homme grâce à la moiteur de ses mains, à l'accélération de son rythme cardiaque, au silence lourd qui régnait dans cette pièce. Kevan ressentait toutes les émotions de l'homme en face d'elle. Elle savait que si elle penchait sa tête vers lui pour qu'il l'embrasse, elle mettrait en péril son couple, son histoire avec la femme qui dormait derrière.

Kevan revit en quelques instants son passé et son futur. Elle s'aperçut que son imagination l'avait aidée à rester amoureuse. L'éloignement crée des miracles, mais surtout de faux espoirs. Il dénature les sentiments en les sublimant, il ignore les défauts, ne laisse que les bons souvenirs. Non ! Décidément, cet éloignement n'avait fait que tout gâcher. Kevan ressentait un pincement au cœur, elle aurait voulu prendre dans ses bras cet homme afin de récupérer la tendresse qui lui manquait tant. Elle devait lutter contre ce désir animal de protection et prendre sur elle-même afin de mettre de côté son égarement. Elle avait envie de l'entendre lui dire « je t'aime » et de lui répondre de même, non pas pour la réalité des sentiments, mais pour le son et l'écho de ces mots, juste pour y croire un peu. Juste pour avoir une passerelle d'où elle pourrait s'envoler de nouveau.

Kevan avait peur de sombrer. Elle se rassurait en pensant que tout cela n'était qu'illusion. Elle savait que son amour n'était pas simplement dû à l'éloignement, mais cette fois, il fallait laisser la place.

Elle s'allongea ensuite sur le côté du lit afin d'essayer de dormir. La femme d'Agur semblait très amoureuse et admirative de son mari, sa peine serait sûrement immense.

Kevan avait son chemin à faire et, en regardant autour d'elle, elle s'était bien aperçue que la finalité de chaque être n'était pas de vivre une vraie passion. Non ! Chaque destin est très différent.

Kevan devait vivre sa vie avec plus de calme et de profondeur. Son devoir était d'être mère, elle l'était et dorénavant, elle s'occuperait de son enfant qui n'avait qu'elle pour s'armer dans la vie.

Le dernier combat

Kevan se réveilla soudainement. Des cris semblant venir de loin montaient. Son père la tira par le bras et l'entraîna dehors. Kevan s'arrêta net, la tension qui montait était terrifiante, le soleil se levait. Jules César venait d'attaquer Londinos. Ses troupes avaient débarqué sur l'île et l'attaque se faisait sur le lieu d'embarcation entre mer et terre. Kevan courut vers Londinos, son père la suivit et la rattrapa par le bras.

— Papa, il faut y aller.

— On va se faire massacrer !

— Viens ! Viens avec moi.

Son père la suivit. Ils coururent à perdre haleine vers la côte, où la bataille faisait rage. Les Romains étaient des athlètes très grands, ils portaient des boucliers. Kevan se cacha près d'un rocher dans la mer afin de ne pas être vue. Elle se rendit compte de son erreur, quelle idiote était-elle de venir voir cette attaque ! Un Romain pouvait les remarquer et les tuer sans se poser de questions. Kevan regarda ces hommes se faisant mutiler sur place, perdant leurs bras, se faisant embrocher par les lourdes armes des Romains. La bataille fut rapide, elle vit des hommes s'enfuir et d'autres se battre farouchement. Les images de ces gens resteraient pour longtemps ancrées dans sa mémoire. Le père et la fille restèrent cachés un petit moment. Kevan sentait la tension s'abaisser au fur et à mesure que le temps avançait. Les nuages s'estompaient pour laisser place à un ciel bleu. Au bout d'une heure, elle sortit de l'eau avec son père. Ses jambes tremblaient.

Elle put constater les conséquences de cette guerre. Les bateaux repartaient avec les Romains, les morts gisaient sur la plage. Le soleil éclairait la plage et l'eau rougeâtre du sang des victimes.

Elle leva les yeux au ciel, cherchant dans les nuages un signe. Le ciel était dégagé, peut-être pour mieux recevoir les appels des guerriers. Elle alla vers ces corps gisant sur le sable afin de trouver d'éventuels rescapés. Les femmes et les enfants avaient embarqué la veille sur l'île voisine. Des combattants revenaient des côtes afin de chercher leurs compagnons ou de les enterrer. Kevan n'avait jamais vu d'hommes pleurer auparavant. La tristesse et la fatigue qu'ils dégageaient lui faisaient monter les larmes aux yeux. Jules César était vainqueur. Il se trouvait sur son cheval, près de la mer, afin de tout superviser.

Soudain, elle vit apparaître un homme. Il avançait, les jambes tremblantes, vers la plage afin de chercher son ami. Il osait à peine marcher, craignant de le trouver tout simplement. Ses longues moustaches et ses cheveux longs lui donnaient un air bon enfant. Il avait un regard triste. Il observait timidement les hommes à terre, comme s'il avait peur de les réveiller ou d'affronter leur dernier regard. Les traits de leurs visages montraient la souffrance et la peur. Kevan suivait des yeux cet homme qui, comme un enfant perdu dans la foule, cherchait quelqu'un qu'il pourrait reconnaître. Cette masse humaine marchait tout doucement, pas à pas. De temps en temps, il posait sa main sur le dos ou sur les épaules d'une des victimes. D'autres hommes arrivèrent sur la berge, les femmes et les enfants accostèrent. L'homme s'immobilisa soudain. Il était bouche bée, il n'osait plus avancer, il avait peur en regardant le corps étendu un peu plus loin. Il se mit à courir vers cet homme, qu'il prit dans ses bras et tint serré contre lui. Le silence qui se dégageait de cette scène semblait venir d'ailleurs, on y voyait tout l'amour que pouvait éprouver un homme pour un autre, aucun mot n'était le bienvenu. La douleur qu'il éprouvait imprégnait l'atmosphère. Kevan en avait le cœur serré, la peine de cet homme semblait toucher aussi les autres. Soudain, le corps qu'il tenait dans ses bras se mit à tousser. Le malheureux avait été assommé et sa blessure n'avait pas touché d'organes vitaux. Le grand barbu poussa son compagnon sur le côté afin de le laisser vomir. Il pleura de joie et lui tint la tête et les cheveux pour l'aider à déverser sa douleur.

La vue du champ de bataille lui tira les larmes, deux amis venaient de se retrouver après la bataille comme par action divine. Kevan entendait les pleurs des enfants et des femmes qui venaient d'accoster. Elle vit au loin l'épouse d'Agur, elle se précipitait dans les bras de son mari. Kevan tourna rapidement la tête, elle ne vit aucune trace de Bruce. Elle se mit à chercher Vegocix. Elle marcha longtemps entre les corps sans le reconnaître. Les hommes valides remontaient les blessés. Il y avait tellement de monde sur la plage que l'on ne pouvait plus avancer. Il fallait faire vite avant les premières odeurs de mort, vite avant que les blessés ne meurent de leurs blessures. Il fallait enterrer rapidement aussi. Pas le temps pour les offrandes, tout se faisait dans l'action. Il n'y avait pas le choix. On ne pouvait se permettre de laisser la putréfaction commencer son œuvre et risquer les épidémies qui suivent les batailles et déciment les survivants.

Kevan ne trouva pas Vegocix. Ni sur la plage ni au village. Il pouvait avoir été enterré, elle pouvait ne pas l'avoir vu étant donné la foule qui s'était regroupée sur la plage jusque tard dans la nuit.

Lasse, elle repartit avec son père. Ils iraient jusqu'en Gaule. Elle était de toute cette brutalité, celle des guerres, celle faite aux femmes. Sa réalité ne lui plaisait plus, il lui fallait reprendre le magasin de son ami. Elle n'avait vu aucune trace de lui, elle irait donc y vivre le temps de son retour afin de gérer ses affaires.

Kevan attendit longtemps le retour de Vegocix. Au bout d'un an, elle en conclut qu'il était mort sur le champ de bataille ou bien qu'il avait trouvé une âme amie là-bas. Jules César n'essaya pas d'attaquer Londinos de nouveau. Les habitants avaient déserté ces terres. Kevan s'occupa de son fils. Il grandissait à vue d'œil. Elle réintégra son statut de fille et de sœur au sein de sa famille, qui la laissa diriger seule la boutique. Elle réaménagea l'intérieur de sa nouvelle maison et dit à ses clients que Vegocix ne venait plus au magasin, qu'elle était sa sœur et qu'il revenait en fin de semaine pour faire les comptes. Les clients ne se plaignaient pas d'avoir affaire à Kevan plutôt qu'à lui.

Une vie raisonnée

Elle assista au mariage de son frère, la fête dura deux jours entiers. Elle était heureuse pour lui et se sentait soulagée d'être libérée de ses anciens liens.

Tarak ne ressemblait pas à son père ni à son oncle d'ailleurs. Il ressemblait à son grand-père maternel.

Les années passaient. Kevan pouvait constater la montée inexorable des Romains. L'avancée de la culture aussi, de l'art, de la technologie. Kevan emmenait son fils partout, elle voulait qu'il sache tout, qu'il apprenne tout, qu'il ait des armes pour affronter la vie. Cinq ans que Kevan n'avait pas revu Agur et qu'elle était seule. Elle n'avait plus non plus de nouvelles de Bruce depuis sa fuite. Son image, les mauvais comme les bons souvenirs disparaissaient afin de laisser place nette dans le cœur et l'esprit de Kevan.

Elle était tante de deux petites filles, Alix et Casix. Sa sœur Branween avait dorénavant treize ans. Kevan approchait des vingt-cinq ans, mais ne s'en inquiétait pas outre mesure. Au début de son installation dans son village natal, les propositions de mariage avaient afflué, mais plus elle vieillissait, plus elles se raréfiaient.

Tarak était un fils affectueux, solide, mais coléreux aussi. Kevan s'en amusait et appréciait d'élever son fils avec autant de liberté. Elle était libre de vendre, d'acheter, de sortir, elle jouait un rôle, celui de la sœur de Vegocix et de veuve de pêcheur. Tarak, comme tous les enfants de son âge, s'inquiétait de savoir où se trouvait son père, qui il était. Kevan lui racontait la même histoire qu'aux autres afin de ne pas faire peser sur ses épaules un secret de famille. « Ton papa est parti pêcher et n'est jamais revenu, peut-être reviendra-t-il un jour. »

Tarak voyait parfois sa mère pleurer. Il tournait la tête afin de la laisser dans sa peine. Kevan voyait les années défiler sur un rythme léger, tenir la boutique l'ennuyait au plus haut point. Au beau milieu d'une journée hivernale, la porte du magasin s'ouvrit pour laisser place à un homme chaudement vêtu, très grand. Kevan ne fit pas attention à lui, elle s'occupait de compter le stock de peaux. Tarak jouait à ses côtés. Kevan sentit un regard posé sur elle, elle leva les yeux. Elle croisa un regard étonné, stupéfait.

— Oui ? Je peux vous aider ? demanda-t-elle.

L'homme retira le tissu de laine qui lui entourait le visage. À cet instant, Kevan eut peur. Son cœur se mit à battre plus fort.

— Astri ? Ah ! Ah ! Ah ! Ah !

L'homme éclata de rire.

— Oh, Vegocix !

Kevan se mit les mains sur le visage, elle était ravie de revoir son ami et gênée en même temps.

— Je m'en doutais, oui, je m'en doutais. De toute façon, je t'avais vue un matin où tu ne t'étais pas levée, j'avais été très choqué, mais je ne me suis pas basé sur ce que je voyais, mais sur ce que je connaissais de toi !

— Dis tout de suite que tu étais honteux d'être l'ami d'une femme !

— Bah, ce n'est pas courant quand même.

Vegocix prit Kevan dans ses bras pour lui signifier son plaisir de la revoir.

— Mais d'où viens-tu ? Que s'est-il passé là-bas ?

Vegocix avait le regard fermé.

— J'avais trop honte de notre défaite, j'ai voulu partir, je ne pouvais pas rentrer comme si de rien n'était, il fallait que je prenne du recul. J'ai pris un bateau et je suis parti en Égypte. Le trajet le plus long de ma vie. Le souvenir que m'avait laissé l'aller m'empêchait de revenir.

— En Égypte, mais c'est merveilleux ! Raconte-moi tout !

— Je voulais voir le sable égyptien, mais là-bas, il fait une chaleur inimaginable. J'ai cru mourir cent fois. Et les femmes, quelles beautés ! Non, je n'ai pas fait de trucs vraiment bien là-bas, je préfère ne pas m'attarder. En tout cas, je reviens riche au moins, mais je ne m'attendais pas du tout à te voir, je pensais que depuis le temps, ma boutique aurait été pillée.

— Eh bien, non, comme tu le vois, je te l'ai gardée. Tu verras, tout est en ordre, les comptes, le stock, tout.

— Mais je ne suis pas revenu pour te démunir. Tu la gères depuis tant d'années, tu mérites d'en posséder la moitié !

— Non, en fait, je suis bien contente que tu sois là. D'une part pour te revoir et d'autre part pour pouvoir repartir vivre dans mon village.

— Mais qu'est-ce que tu veux y faire, dans ton village, à part cultiver de l'avoine ?

— Je pense que c'est ça que j'aime faire, s'esclaffa-t-elle. Oui, en fait, je veux toucher la terre, je veux sentir la vie à travers la culture.

— Tu deviens folle, je te connais, Astri-Kevan. En tant qu'homme, tu n'aurais jamais dit ça.

— C'est possible, je dois avoir changé, j'ai envie de m'installer et d'apprendre quelque chose.

— Viens, fermons la boutique. Il se fait tard, allons boire une coupe.

— Oh oui, tous les deux, comme avant.

— Ouais, mais ça me fait bizarre quand même, tu me connais mieux qu'aucun homme, mais je vais m'y habituer, après tout, tu es normale !

C'était la façon un peu bourrue de Vegocix de témoigner son affection à Kevan.

Kevan emporta les affaires de Tarak, les posa sur la charrette qu'elle avait achetée pour transporter les marchandises. Vegocix les suivit à cheval. Kevan arriva devant la taverne de son père et se réinstalla dans sa chambre, située dans le grenier, demeurée intacte depuis son départ. Elle redescendit les marches avec son fils et s'installa à une table avec Vegocix. Abradix s'installa avec eux afin de boire la coupe de l'amitié.

Vegocix observait le visage fermé de Kevan, le froncement de ses sourcils, il écoutait ses rires devenus plus simples, moins expressifs. Il attendit qu'Abradix aille dans la remise pour pouvoir lui parler.

— Kevan, qu'est-ce qui t'arrive, on dirait qu'un dieu t'a retiré ta bonne humeur, ton étincelle ?

— C'est possible, j'assume avec peine le fait de vivre avec tant de souvenirs plus ou moins bons. Je ne sais pas si ce que j'ai vécu m'a forgé le caractère. Je ne sais pas comment analyser tout cela.

— Je n'ai pas l'impression que cela t'ait épanouie !

— Je n'ai plus peur de voir surgir Bruce à tout coin de rue, mais tout de même, je n'ai pas l'impression de vivre ce que je dois vivre. Le malheur, je dois bien l'avouer, c'est qu'en homme, je pouvais au moins espérer avoir le droit de le vivre.

— Je pense que ce n'est pas ça qui t'a rendue triste. Tu peux très bien assumer ta vie de femme, tes devoirs, ton destin à travers la personne aimée et pour l'instant, tu ne veux aimer personne. Et non, je ne t'emmènerai pas en Égypte, j'ai bien compris que tu allais me le demander. Ce n'est pas ta voie, la fuite, l'aventure, tu t'égares, tu as la sensibilité pour aimer les choses simples de la vie et tu n'es pas femme à faire ce que j'y fais !

— Je suis comme vidée, je n'aspire à rien, mes sens ne sont plus en éveil, je suis en suspens.

— Tu as vécu beaucoup trop de choses désagréables et trop jeune. Viens avec moi à Rome, je te ferai voir les jeux du cirque.

— Qu'est-ce que c'est ?

— On met des condamnés dans une arène et on les laisse se battre.

— Mais c'est inhumain !

— Bien sûr que non, ça laisse une chance au gagnant de sortir de prison.

— Mais celui qui gagne n'est pas forcément plus innocent que celui qui perd.

— Tu ne crois plus aux dieux ?

— Si, allez, va pour le cirque, mais je voudrais emmener Tarak.

— Bien sûr. Après tout, il est grand maintenant, sept ans déjà. Je l'ai presque élevé, il pourrait au moins m'appeler « papa ».

Les deux amis se mirent à rire.

Kevan se prépara pour le grand trajet. Les deux amis déposèrent des affaires sur la charrette et prirent les chemins de pierre tracés sur l'herbe. La route était très longue, mais l'automne était proche, le temps n'était ni trop froid ni trop chaud. Kevan put visiter la Gaule. Vegocix passa par Lutèce afin de montrer à Kevan les jardins, les maisons, puis redescendit afin de traverser toute la Gaule. Ils firent sept étapes afin de changer les chevaux et de se reposer. Après Lutèce, ils passèrent par Alésia, puis près de Massilia. Au fur et à mesure qu'ils se rapprochaient de Rome, le temps se réchauffait.

Rome, ville de Jules César, capitale des Romains. Les rues ensoleillées, les belles dames, la soie, l'or, le vin. Kevan regardait cette ville avec émerveillement. La pluie coulait sur les bords des maisons. L'eau arrivait directement dans les habitations.

— Viens, allons voir les thermes !

— Les quoi ?

— Les thermes, ce sont des maisons où tu peux prendre un bain, ça ne nous fera pas de mal.

— Mais comment veux-tu ?

— Viens, je te l'offre, je te l'ai dit, je ne t'emmène pas que pour te distraire, j'ai un client à voir à Rome et j'ai les moyens de t'offrir ce séjour. Et puis, c'est la moindre des choses vu ce que tu as fait pour moi.

— D'où te viennent toutes ces pièces d'or ?

— De l'or ? Laisse-moi rire, une belle imitation, dirons-nous.

— Qu'est-ce que tu trafiques ?

— Moins tu en sauras, mieux ce sera, mon amie. En tout cas, j'ai ma vengeance, une vengeance intelligente, me faire de l'or sur leur dos !

Les deux compères se rendirent aux thermes. Kevan avec les femmes et les enfants et Vegocix chez les hommes.

Quand Kevan entra dans une grande pièce très chaude, on lui donna une tunique pour qu'elle puisse cacher son corps. La salle était magnifique, jamais Kevan n'avait vu autant de choses nouvelles en si peu de temps. Ils étaient loin de cette modernité à Londinos. Kevan entra dans l'eau très chaude. Elle fit plonger son fils, qui était très étonné.

— Maman, y'a que des femmes nues ici !

— Oui, Tarak, c'est comme ça à Rome. Rappelle-t'en bien, car plus tard, tu seras bien content.

Tarak resta près de sa mère. Kevan se fit masser, prit un bain chaud et un bain froid. Elle s'enduisit le corps avec des huiles parfumées. Des vêtements propres l'attendaient à la sortie. Des vêtements souples, tenus pas une ceinture à la taille. Elle mit ses sandales de cuir. Tarak avait l'air d'un vrai Romain avec ses sandalettes. Vegocix leur avait acheté ces vêtements avant d'entrer dans les thermes. Il les attendait à la sortie, rasé, pimpant.

— Oh, Vegocix, je ne te savais pas aussi beau, tout lavé !

— Bah, ça me change des seaux d'eau glacée du matin ! Et sans la barbe, j'ai l'air d'un vrai Romain !

— C'est exactement ce que j'allais te dire, tu ressembles à un Romain ! Et maintenant, où allons-nous ?

— Au cirque !

Vegocix était allé chercher des esclaves en Égypte afin de les vendre aux Romains. De plus, il commençait une affaire fructueuse : la fausse monnaie. Il encourait la peine de mort si on le découvrait avec les plaques de bronze qui servaient à copier les deniers. Les jeux du cirque se contentaient de montrer des esclaves ou des prisonniers se battant entre eux. Des années plus tard, lassés des combats peu dynamiques entre prisonniers, les Romains utilisèrent de vrais gladiateurs et enfin, des animaux sauvages.

L'Italie exportait principalement du vin en Gaule. Ensuite, de l'étain, indispensable à la métallurgie du bronze, des métaux précieux, quelques produits agricoles, mais surtout des esclaves. Le trafic d'esclaves était à son apogée en raison du développement en Italie d'une agriculture latifundiaire qui reposait sur une main-d'œuvre servile de masse.

Kevan adorait porter ces vêtements en soie, pourtant légèrement trop transparents à son goût, et elle trouvait Tarak très beau habillé de la sorte. Kevan appréciait la richesse de culture de ce peuple et malgré elle, elle se plaisait à découvrir toutes ces nouveautés. La science, les routes bien tracées et l'hygiène surtout la changeaient des tribus de l'ouest de la Gaule. L'hygiène avait toujours été une priorité pour elle.

Le cirque était grand, de forme ronde, ouvert vers le ciel. De grandes pierres servaient de sièges. Les premiers rangs avaient leurs pieds qui se balançaient au-dessus de l'arène.

Kevan cacha son fils sous sa tunique portée par-dessus sa robe pour pouvoir entrer. Vegocix alla de l'autre côté avec les hommes. Kevan s'assit, entourée de femmes assez jeunes. Elle laissa Tarak sortir de sa cachette. A priori, elle n'était pas la seule à faire cela.

Les premiers combats commencèrent : des hommes vêtus de vêtements de cuir, coiffés de casques et portant des armes sortirent, maigres, tristes ou volontaires pour faire le combat de leur vie. Il s'agissait pour eux tous de gagner leur indépendance. Kevan voyait autour d'elle des visages effrayés par cette violence, mais avides, demandeurs. Son estime pour les Romains diminua soudainement. Elle cacha les yeux de son fils, son cœur battait la chamade, elle voyait des hommes se battre devant elle, luttant vraiment, car on leur avait dit de le faire pour gagner leur liberté. *Mais leurs dieux ne sont pas les mêmes que les nôtres*, pensa Kevan.

Au bout d'une demi-heure, Kevan se leva, prit Tarak par la main et sortit du cirque. Des centurions entouraient chaque entrée. Kevan tremblait, des gouttes de sueur coulaient de son front.

— Qu'est-ce qu'il y a, maman ?

— Rien, rien, ça va aller mieux, mon guerrier. Maman va s'asseoir en attendant Vegocix.

Kevan emmena Tarak s'asseoir près d'une fontaine. Elle s'aspergea le visage d'eau, puis regarda le paysage afin d'effacer les images de violence qu'elle venait de voir, des pauvres hommes qui dépendaient du bon vouloir du consul. Pouce levé : « il vit », pouce baissé : « il meurt ». Comme c'était simple ! Comme si le fait de contrôler la vie des autres nous aidait à mieux appréhender notre propre mort. À l'image des apprentis sorciers qui regardent les phases, les chemins de la vie à la mort en se disant « lui, il est parti, mais moi, je suis toujours là ». Faire en sorte que d'autres nous montrent l'exemple, même sans avoir leur accord.

Vegocix sortit à son tour peu de temps après.

— Je suis désolé, mais il fallait tout de même que tu voies ça.

— Oui, ça ne fait que m'effrayer un peu plus sur la condition humaine.

— Peut-être qu'un jour nous ne serons plus en guerre et que les hommes pourront se préoccuper de la vie, mais pour l'instant, avec toute cette boucherie, les attaques imminentes, le massacre à Avaricum, comment veux-tu que les hommes ne soient pas violents ?

— C'est plausible, Vegocix, je garde tout de même espoir.

— Tiens, d'ailleurs, Agur s'en est bien tiré, il n'était pas à Alésia au moment de la défaite, il reprenait le chemin pour Londinos !

— Qui ?

— Agur, tu ne le connais pas ?

— Bien sûr que si, je le connais… Je ne savais pas qu'il avait fait partie de l'armée de Vercingétorix.

— Depuis que sa femme est morte d'une mauvaise toux, il s'est remis en route pour reconquérir la Gaule.

— Sa femme est morte ? Le pauvre…

Kevan s'entendait répondre alors que son esprit était ailleurs. L'épouse d'Agur était morte tout simplement. Comme on pouvait n'être que des poussières fragiles !

Kevan suivit Vegocix vers une taverne qui leur servirait de logis. La chambre était magnifique. Vegocix ne dormit pas, il avait à faire avec son trafic. Il avait amené tout le matériel possible afin de dupliquer le plus de pièces en une nuit. Réaliser les duplicatas dans un logis permettait d'éviter toute trace.

Kevan visita la ville durant une petite semaine avec Tarak, elle y découvrit le mode de vie des Romains, les esclaves, les parfums, la culture. Elle se sentait grisée, mais éloignée de ses propres valeurs. La jeune mère ne voulait pas voir constamment le soleil. Elle appréciait de porter des vêtements chauds et de traverser ses terres à elle sous la pluie. En un mot, elle préférait sa ville natale.

Au bout d'une semaine, évitant de poser des questions indiscrètes à Vegocix, tout le monde reprit la route, une route longue avec différentes étapes. Vegocix déposa Kevan chez son père avec Tarak.

— Qu'est-ce que tu vas faire maintenant, Vegocix ?

— Je vais vendre la boutique et repartir vers Londinos, je suis las des voyages, je me fais trop vieux.

— Tu plaisantes ?

— Non, je vais reprendre la chasse, la culture de mon jardin, je m'offrirai tout de même le dernier luxe romain, mais bon, j'y serai tranquille !

— Très bien, alors reviens me voir un jour !

— Avant que je parte, prends ce sac d'or, tu seras tranquille aussi.

— Non, Vegocix !

— Ne discute pas, ce ne sont pas des fausses. Durant la semaine, j'ai acheté toutes sortes de choses avec les grosses pièces afin que l'on me rende de la monnaie. Ne refuse pas, tu en auras besoin.

— Je… je te remercie.

Kevan prit son ami dans ses bras et l'étreignit. Vegocix prit Tarak pour lui dire au revoir, puis il partit sans se retourner, il avait les yeux brillants. Kevan essuya quelques larmes et entra dans la taverne de son père.

Durant les mois qui suivirent, Kevan se mit à concocter des huiles aux senteurs de toutes sortes, des huiles pour le corps, des savons, des huiles pour les cheveux, comme ceux qu'elle avait vus à Rome. Elle avait demandé la composition et s'amusait, comme elle l'avait fait avec Zegovax, à faire ses mélanges, mélanger les plantes, les alcools, l'eau, faire chauffer le tout, le mettre dans de belles coupes. Ces inventions lui apportaient des revenus et elle s'en contentait. Parfois, elle partait à Lutèce et revenait avec de nouveaux produits, une nouvelle robe. Tarak était inscrit pour aller à l'école de Lutèce. Il allait apprendre le latin, les mathématiques, les sciences. Il partirait en pension dès sa dixième année. Elle pourrait le voir chaque été. Tarak était très fier de pouvoir partir pour la grande ville et apprendre toutes ces choses. Il avait une mission : comprendre vite pour enseigner tout à sa mère. Et tout cela le rendait très heureux.

Le frère de Kevan avait quitté la taverne pour partir travailler à Lutèce avec sa femme. Elle se retrouvait seule avec son fils, sa jeune sœur et son père à la taverne.

Un jour, Kevan prit son cheval pour faire un tour dans les bois. Elle s'amusa de voir comme les hommes de son village essayaient d'être gentils avec elle afin d'attirer ses bonnes grâces ! Son statut de veuve lui permettait de faire ce qu'elle voulait. Son père ne l'empêchait pas de faire quoi que ce soit. Il avait trop souffert de sa disparition et avait eu le plaisir de retrouver une fille métamorphosée en femme, capable de différencier le bien du mal. Une fille âgée désormais de vingt-huit ans.

Le grand amour

En revenant au village, elle récupéra au passage quelques bûches afin de finir quelques concoctions. Elle apportait certains parfums au druide, qui ne supportait plus l'odeur de sa propre maison. Un druide qu'elle aimait observer quand il invoquait les dieux. Elle le regardait faire et l'écoutait, émerveillée.

Elle s'arrêta devant la taverne de son père. Elle hésita à ouvrir la porte, ressentant un vide soudain, un sentiment qu'elle n'avait pas ressenti depuis longtemps. Elle posa ses doigts sur le bois, puis ouvrit. Elle regarda à l'intérieur, alla vers le comptoir embrasser Fugueur. Son chien avait beaucoup vieilli, il n'aimait plus trop sortir en été, il préférait rester à l'ombre de la maison.

— Kevan !

Kevan fut surprise, car elle pensait être seule. Elle vit son père à une table au fond avec Agur. Elle sentit son cœur s'accélérer, son ventre se nouer. Elle avait peur de craquer, cinq ans après. Elle alla vers eux rapidement, essayant de capter le regard d'Agur, caché par la pénombre.

Elle vit ses yeux clairs qui brillaient, puis lui tendit la main, comme l'aurait fait un homme pour le saluer. Agur prit la main de Kevan, la serra tout doucement, puis la lâcha après l'avoir fait glisser lentement dans la sienne. Kevan rougit en gardant les yeux baissés. Tarak descendit de sa chambre.

— Tiens, voilà mon bonhomme !

Kevan fut surprise de cette phrase. Tarak était d'une nature peu farouche, il alla vers Agur et se laissa embrasser.

— Je me doute bien que tu ne dois pas te souvenir de moi, la dernière fois que je t'ai vu, tu venais juste de naître !

— Alors, t'es très vieux ?

— Pourquoi, tu me trouves âgé ?

Tout le monde se mit à rire, ce qui détendit l'atmosphère. Kevan prit Tarak sur ses genoux afin de se rassurer, puis parla de tout et de rien, en évitant de poser les questions essentielles.

Agur revenait de Rome, il y avait vendu diverses fourrures et des bronzes. Il faisait une pause afin de revoir ses « amis » et de prendre une décision sur sa vie.

Le père de Kevan se leva pour retourner au travail en laissant Kevan avec Agur. La jeune femme était très gênée, elle ne savait dire que des banalités. Sentant le malaise qui s'instaurait entre eux, elle demanda à Tarak d'aller jouer dehors.

— Agur, je… j'ai appris la nouvelle concernant la bataille et j'en suis désolée.

— Je te remercie, c'est délicat d'en parler, je m'en veux beaucoup, tu sais.

— Pourquoi es-tu revenu ?

— Je te l'ai dit tout à l'heure, pour faire une pause, je vais repartir clore mes affaires à Londinos.

Agur parlait d'une voix calme et posée. Kevan sentait qu'il avait déjà pris sa décision sur son futur, mais qu'il ne voulait pas en parler et cela l'agaçait profondément. Elle ne savait pas comment réagir, elle était intimidée comme une enfant, comme si toute la maturité qu'elle avait acquise au fil des années ne pouvait l'aider à affronter un événement du passé. Kevan pensait que ce que l'on n'a pas osé affronter sur le moment demeure une porte fermée dans notre présent.

Agur restait calme, mais pas distant. Kevan pouvait lire dans ses yeux mille sentiments qu'elle n'arrivait pas à analyser. Elle avait vécu une symbiose intellectuelle avec cet homme, aussi sa confusion était grande.

Au moment où elle avait connu Bruce, elle était une jeune fille sans expérience. Elle avait éprouvé une forme de passion courante à cet âge-là, la passion des premières fois. Comment aurait-elle pu, sans aucune expérience, avoir suffisamment de recul sur ce qu'était aimer vraiment ? N'ayant aucun référentiel, aucun passé, elle ne pouvait savoir si ce qu'elle éprouvait était de l'amour, du désir, éternel ou non. Malgré cela, elle ne lui avait jamais dit « je t'aime », peut-être par pudeur…

Kevan avait acquis une indépendance qu'elle ne voulait plus remettre en cause. Or, si elle devait se remarier, elle serait de nouveau dépendante d'un homme et ça, elle n'était pas prête à l'admettre. Elle avait monté sa petite affaire de parfums et elle commençait à les commercialiser auprès des négociants romains. Elle partait avec son fils à travers les routes jusqu'à Aurelianum (Orléans), elle laissait sa jeune sœur vendre quelques essences sur place. Non, elle avait surtout honte de déclarer sa flamme à un homme qui venait de perdre son épouse.

Agur était gêné aussi. Kevan n'arrivait pas à comprendre pourquoi. Elle tenait ses mains serrées afin de ne pas montrer qu'elle tremblait. Agur lui parla de la vie qu'il menait là-bas, près du fleuve, au cœur de la nature. De sa maison, on pouvait distinguer deux basses collines caillouteuses aux sommets rasés. Il lui apprit que la forêt se trouvait juste derrière et que les gens vivaient en autarcie, chacun se soutenant afin de progresser. Il lui raconta qu'il revenait d'un long voyage, qu'il avait pris le bateau avec Vegocix pour l'Afrique. Mais il ne parla pas de sa femme. Kevan ne savait pas comment lancer ce sujet délicat sans paraître intéressée. N'étant pas diplomate, elle lui posa la question tout simplement.

— Agur, je suis désolée pour ta femme ! Je tenais à te le dire.

Agur la regarda fixement et baissa les yeux. Il cherchait ses mots.

— Excuse-moi, tu ne voulais sûrement pas en parler ! On fait comme si je n'avais rien dit.

— Non, je te remercie, mais… enfin ! J'ai aussi fait un travail sur moi-même depuis cet événement. Elle est morte il y a deux ans. Il y a eu l'insurrection et ensuite, je suis parti vers l'Afrique. Et nous voilà cinq ans plus tard.

— Les sentiments que j'éprouve pour toi font que je souhaite avant tout ton bonheur. Si tu veux m'en parler, je suis là pour écouter ou te conseiller si tu le souhaites. Je ne suis pas un interlocuteur d'un soir. Même si on ne s'est pas vus depuis très longtemps, rien n'a changé me concernant !

Kevan avait le cœur qui battait la chamade, son discours était ambigu. Agur lui souriait, il ne savait pas non plus comment interpréter cette phrase.

— Je ne veux pas que tu penses que je suis revenu par dépit.

— Donc, tu es revenu.

Agur lui prit la main. Kevan baissa les yeux, le moment qu'elle vivait était intense en émotion, elle ne voulait pas montrer la rougeur de ses joues face à ce discours, elle ne voulait pas que son émoi lui fasse perdre ses moyens et gâche cette rencontre.

Kevan voyait cet entretien improvisé comme le rendez-vous de sa vie, une mise au point du bonheur. Il fallait qu'elle garde son sang-froid, elle ne voulait pas perdre les dernières chances qu'elle avait de vivre avec lui. Mais d'un autre côté, elle ne voulait pas tenir le rôle d'une remplaçante, vivre avec quelqu'un qui ne pourrait oublier son passé, qui dormirait à ses côtés, mais regretterait une autre. Non, elle ne voulait pas d'une vie morne, elle préférait vivre sans homme plutôt qu'être la spectatrice de sa tristesse et de ses regrets. Les non-dits prenaient une place considérable dans leur discours.

— Kevan, je… j'ai un vécu, mais je n'en suis pas fier.

— Parle-moi, Agur, j'ai besoin de savoir pour te comprendre, nous avons toujours eu confiance l'un en l'autre. Tu m'as toujours comprise et c'est à mon tour de te rendre la pareille.

— J'ai peur que tu me juges !

— Ce n'est pas mon rôle !

— Ta maturité me sidère et quelque part, j'envie l'homme qui passera sa vie avec toi, il pourra être soutenu et compris.

Kevan eut un frisson, elle se sentit démunie par cette phrase, il n'était pas venu pour elle. Elle sentit le sol s'ouvrir sous ses pieds, elle aurait voulu se cacher. Elle se força à prononcer quelques mots, mais son trouble était visible.

— Je vais envoyer Tarak dans une école romaine dans deux ans afin qu'il apprenne les mathématiques, le grec, l'histoire.

— L'histoire ? Ce n'est pas notre histoire qu'il y apprendra !

— Oui, mais il vaut mieux qu'il sache trop de choses que pas assez.

— C'est vrai, après tout. Vu l'avenir qu'ils nous réservent, mieux vaut les connaître pour mieux les affronter.

— Tout à fait.

— Kevan, qu'est-ce que j'ai dit qui te met dans cet état ?

Kevan essayait de calmer son entrain.

— Non, tu n'as rien dit, je… Pourquoi me parler de mon futur mari ? Tu connais mon passé, penses-tu que je pourrais avoir confiance de nouveau ?

— Bien sûr, mais tu ne vas pas non plus rester seule toute ta vie ?

— Ce n'est pas mon souhait, mais… je préfère aimer profondément la personne avec qui je vivrai !

— Toi ? Amoureuse ?

— Tu en doutes, tu ne m'en crois pas capable ?

— Bah, je me souviens de toi et de Bruce…

— Comment oses-tu me juger ! Tu sais ce que je vis depuis cinq ans ? J'ai repoussé au moins une quinzaine de demandes en union ! Ma vie est triste et morne, elle n'a de sens que grâce à Tarak. Il faudrait être la personne la plus égoïste au monde pour souhaiter vivre ce genre d'existence solitaire. Ne jamais rien partager, ne rien donner aux autres et de soi-même, préférer rêver les choses plutôt que de les vivre et de devoir donner et encaisser. Mais qu'est-ce que tu crois ?

Kevan se sentait démunie. Elle n'arrivait plus à se contrôler. Elle avait tellement peur qu'Agur la repousse dans sa demande qu'elle agissait comme si elle le repoussait. Ainsi, elle se préparait à encaisser son refus. Elle n'était plus la personne mature qui élevait seule son enfant et qui gérait son entreprise. Elle était Kevan, une femme qui venait de comprendre qu'elle avait devant ses yeux l'être qu'elle aimerait le plus au monde. Face à ce que l'on désire le plus, la peur de ne pas l'avoir nous pousse aux pires maladresses.

— Es-tu un dieu pour savoir comment j'aime les gens et dans quelle mesure ? Si j'étais si futile, je me serais remariée avec n'importe lequel des célibataires ici présents !

Elle avait besoin de se justifier comme une enfant qui se sent accusée.

— Excuse-moi, lui répondit simplement Agur.

Le silence fut terrible pour Kevan. Elle ne savait plus comment le récupérer, comment sauver la situation. Agur se leva de table et se tourna vers Kevan, qui lui lançait des regards d'enfant perdu.

Elle resta assise, ses jambes tremblaient. Agur sortit de la taverne. Kevan entendit le bruit des sabots de son cheval. Se levant soudainement, elle courut vers l'entrée afin de le retenir. Elle ouvrit la porte et se heurta violemment à la personne dans l'embrasure. C'était Agur.

— Oh, excuse-moi, je ne t'ai pas fait trop mal ?

— Non, ça va et toi ?

— Oui, ça va mieux.

Ils se mirent à rire, aussi nerveux l'un que l'autre.

— Kevan, je voulais juste te taquiner, je réalise à quel point c'était blessant ce que je t'ai dit. Je suis allé te chercher un cadeau dans ma besace ! Tu vois, je continue à être insultant, je voulais t'amadouer avec un présent.

— Ah ! C'est pour ça que tu viens de sortir ?

— Oui, bien sûr, je t'ai ramené un collier d'Afrique.

— Mais… tu es parti en Afrique il y a deux ans, non ?

— Oui !

— Je ne comprends pas, Agur. Pourquoi n'es-tu pas venu me voir plus tôt ?

— Je devais méditer sur mon futur, être prêt. Viens, on va s'éloigner de la taverne, il fait trop sombre à l'intérieur, on va se promener au frais dans les bois.

— Laisse-moi te guider, certains arbres me connaissent.

Kevan conduisit Agur à cent mètres de la taverne, à un endroit ouvert vers le ciel, où les arbres formaient un cercle autour d'eux tout en laissant le soleil pénétrer les feuillages et les éclairer.

— Kevan, j'ai beaucoup de remords. Il est souvent arrivé que ma femme, en se réveillant, me demande qui est « Kevan ». À force de te chercher, d'imaginer où tu pouvais être, je n'en dormais plus. Ensuite, je l'ai rencontrée, elle m'a apporté de la tendresse et une certaine stabilité. Après t'avoir revue, la situation a dégénéré. Elle me faisait des reproches constamment, me demandait à qui je pensais lorsque mon esprit s'absentait. Un jour, elle m'a annoncé être enceinte. Je faisais des efforts, j'essayais de la rassurer, je lui assurais que je ne la quitterais pas afin qu'elle n'ait pas peur de se retrouver seule. Elle ne mangeait plus, me faisait des scènes devant tout le monde, tout le temps. Un jour, je me suis énervé et je suis parti pour voyager et faire du commerce à Rome. Lorsque je suis rentré, on m'a dit qu'elle était morte. Qu'elle n'avait jamais été enceinte… juste une toux. Je suis reparti tout de suite, je n'arrivais pas à vivre dans cette maison où ses reproches restaient vivants. Je culpabilisais. De plus, j'avais peur en revenant te voir que tu penses que j'étais revenu par dépit. La situation n'est pas simple.

— Je pense qu'on se complique beaucoup la vie pour rien ! Pose-toi les bonnes questions, qu'est-ce que tu désires véritablement ?

Kevan écoutait chaque mot, elle espérait arriver à la conclusion très vite. Elle ne savait pas où Agur voulait en venir.

— Agur, veux-tu m'épouser ?

Agur regarda Kevan, stupéfait.

— Kevan, c'est beaucoup plus compliqué que ça ! Je ne peux pas revenir dans mon village. Pas avec toi, la famille de ma femme te verrait, ma femme leur parlait de toi, tu comprends ?

— C'est un choix, Agur. Tu choisis ta terre ou la vie avec moi !

— J'aimerais vous emmener vivre ailleurs, toi et Tarak. Je suis négociant en vin près de Massilia, c'est dans le sud de la Gaule. Tu verras, il fait beau et chaud tout le temps.

— Mais bien sûr que je te suis, que nous te suivons. On sera à deux semaines de Lutèce en char.

Agur se leva et prit Kevan dans ses bras. Il l'embrassa longuement, jusqu'à ce que Tarak arrive près d'eux.

— Tarak, viens embrasser ton père !

— Mais… maman !

— Qu'est-ce que tu as, tu es tout pâle ? C'est peut-être trop tôt, dit-elle en regardant Agur.

— Maman, il y a quelqu'un qui m'a dit qu'il était aussi mon père !

Kevan se mit à trembler.

— Comment s'appelait-il ?

— Il ne m'a pas dit son prénom.

— Bon bah alors, c'est un idiot qui a voulu faire une plaisanterie…

L'atmosphère devint tendue, Kevan ne pouvait contrôler sa peur. Agur se précipita vers la taverne pour vérifier.

— Il n'y a personne !

— Oui, ça ne doit être qu'une blague, c'est tout.

Kevan mit sa main sur sa poitrine, elle sentait son cœur battre à tout rompre.

— Maman !

— Oui, mon cœur ?

— Il m'a dit que ça te rappellerait quelque chose : Zegovax !

Kevan devint pâle, si pâle qu'elle dut s'asseoir. Elle sentit soudain la fièvre : il avait dû suivre Agur, revenir par coïncidence ou croiser Vegocix. Bruce était revenu. Il voulait récupérer sa femme et son fils. Il était revenu avec plus de haine, plus de revendications. Il avait croisé le père de Kevan au retour et lui avait redit la même chose :

— Tu ne peux pas m'empêcher de la reprendre, elle a donné sa parole devant les dieux, une parole ne se reprend pas. C'est ton honneur qui en pâtirait. Tu ne peux humilier ton village, Kevan est à moi et son rôle est de rester à mes côtés maintenant que je l'ai retrouvée.

— Tu étais mort, Bruce !

— C'est ce que Kevan a dû croire, en effet. J'étais à deux doigts de succomber, laissé pour mort au début, mais les esprits en ont voulu autrement. J'ai été récupéré et ensuite emmené dans le nord de la Gaule. J'y ai recouvré la santé. Et je n'ai pas oublié qui est ma femme. Elle m'aime et je le sais. Elle n'a pas pu m'oublier comme ça, il y avait trop de passion entre nous.

— Vous avez fait du chemin chacun de votre côté, laisse-la en paix dorénavant !

— Il suffit, elle est ma femme et elle le restera ! De plus, Tarak est mon seul enfant !

— Il n'y a aucun autre enfant que tu aies voulu élever plutôt !

— Elle viendra avec moi vivre auprès des pêcheurs que nous sommes, elle sera avec toutes les autres femmes et elle aura des activités de femme.

— Tu sais qu'elle gère une petite affaire, qu'elle veut envoyer Tarak dans une école romaine pour y être instruit ?

— Certainement pas. De toute façon, ce ne sera pas à elle de prendre ce genre de décision.

— Je devrais te tuer.

— Essaie donc, vieux fou, je t'enverrai chez les dieux.

Abradix rentra précipitamment à la taverne après cette rencontre.

— Elle est au courant ?

— Oui, il est venu parler à Tarak.

— Je ne comprends pas son acharnement.

— Moi, je le connais, c'est sa fierté qui l'empêche de céder. Elle est sa femme et c'est tout ce qui compte.

— Il faut fuir !

Son père la regarda, puis se tourna tristement vers Agur. Soudain, Kevan s'évanouit. Alors qu'Agur la portait vers le lit, son père expliqua :

— Kevan s'est déjà évanouie il y a treize ans, lors de la mort de sa mère. Elle est tombée de douleur et ne s'est réveillée qu'au bout de trois jours. Le druide disait qu'elle rejoignait sa mère et qu'elle hésitait à revenir chez nous.

— Trois jours ? Mais ce n'est pas possible, il faut faire vite !

— Elle ne reviendra peut-être pas.

— Ce n'est pas possible, je ne pourrai pas vivre sans elle.

Branween arriva dans la chambre de sa sœur.

— Ma sœur m'en a voulu lors de ma naissance. Après son séjour avec les esprits, il paraît qu'elle ne m'en voulait plus. Je vais poser mes mains sur elle, il n'y a plus que ses sens qui fonctionnent, elle sentira ma présence.

Branween avait treize ans. Elle était blonde comme les blés et des taches de rousseur apparaissaient sur ses joues dès les premiers rayons de soleil. Elle avait les yeux en amande et les courbes de son corps la faisaient paraître femme. Elle posa ses mains sur la tête de Kevan. Abradix alla chercher le druide.

Le druide posa à son tour ses mains sur Kevan et regarda son père.

— Elle est très loin.

— Que peut-on faire ?

— Son choix lui appartient, mais je peux toujours faire une offrande aux dieux afin qu'ils nous la rendent.

— Oui, fais-le !

Kevan était partie. Loin ? Elle n'en savait rien elle-même, mais elle ressentait la peine de ses proches. Elle parcourait le ciel, elle aperçut quelqu'un, quelqu'un qui la connaissait très bien.

Au bout d'une journée entière, Kevan ouvrit les yeux. Tarak se mit à pleurer en voyant qu'il venait de récupérer sa maman. Elle réclama à boire, puis à manger, mais ne prononça pas un seul mot. Puis, en voyant le regard perdu de son fils, elle posa ses mains sur sa tête et lui sourit.

— Tu sais que l'homme que tu as vu dehors est ton vrai père ?

— Je ne le connais pas, il n'est jamais venu me rendre visite.

— Je l'ai fui. Il a fait beaucoup de mal autour de lui. Tu aimerais vivre avec lui ?

— Et ne plus te voir ?

— Non, tu ne me verrais plus.

— Je ne veux pas, maman.

— C'est ce qu'il demande.

Agur regardait Kevan intensément.

— Je ne le laisserai pas venir vous chercher.

— Ne t'en fais pas pour nous, Agur, je sais comment régler le problème. J'ai eu mes réponses. Papa va porter plainte auprès de Cassivellaunus pour meurtre.

— Un meurtre ? Le meurtre de qui ? Et pourquoi auprès de notre chef gaulois ?

— C'est le meurtre d'un druide celte, celui d'un frère, celui de Zegovax.

— Tu as des preuves ?

— Oui ! Je sais où est sa sépulture !

— Comment peux-tu le savoir ? Pourquoi aurait-il tué un druide ?

— Parce que ce druide allait mettre à mal tous ses plans de conquête.

— C'est un monstre !

— Oui et il doit être puni et par notre loi, non pas par celle des Romains.

— Avec les légionnaires, il se retrouverait dans l'arène !

— Je n'ai pas confiance. Au combat, il pourrait s'en sortir et gagner sa liberté.

— Sur les galères, les prisonniers ne restent pas vivants plus de deux ans !

— Je ne cherche pas à le faire souffrir. Il a tué, il doit mourir.

— Tu es dure, Kevan. Le resteras-tu devant lui ?

— Il le faudra bien, cours prévenir le conseil des Gaulois, il faut lui faire un procès.

Les jours qui suivirent, Agur prépara ses affaires ainsi que celles de Tarak. Ils allaient partir tous les deux. Kevan voulait qu'Agur emmène son fils loin de là afin qu'il ne soit pas enlevé. Agur ne donna pas l'endroit de sa cachette à Kevan. Il lui dit juste : « Dans trois mois, tu prendras la route romaine. Lorsque tu arriveras à Rome, tu chercheras la fontaine de Juturne. Tu m'y attendras tous les jours à midi et je t'y retrouverai. »

Kevan devait rester seule avec son père, sa sœur et son frère, qui était revenu de Lutèce pour assister à cet événement.

Cassivellaunus avait envoyé un noble gaulois afin de régler ce problème.

Bruce revint un matin sans se faire annoncer. Il entra dans la taverne de bon matin, donna à manger au chien et monta les escaliers pour rejoindre Kevan. Il entra dans la chambre et la regarda longtemps avant de s'approcher.

Il posa ses mains sur ses cheveux et la caressa. Kevan commença à se réveiller, puis se retourna précipitamment. Cela faisait plus de cinq ans qu'elle n'avait pas vu Bruce. D'abord surprise et effrayée, elle se calma doucement, sans prononcer un mot et regarda ses yeux de braise qui la dévoraient comme une panthère qui maîtrise sa proie. Bruce lui sourit, lui prit les mains. Kevan se sentit troublée, cela faisait longtemps qu'elle ne l'avait pas vu. Son corps avait forci, il avait quelques cheveux blancs. Il avait les traits reposés et semblait toujours aussi sûr de lui.

— Il fallait qu'on se revoie seuls, Kevan.

— Bruce, je… j'ai soif.

Kevan cherchait de l'eau, Bruce prit une coupe et la plongea dans une jarre. Il la fit boire. Kevan sentait l'aura de cet homme l'entourer. Il avait toujours eu une forte emprise sur elle. Malgré toute son évolution et les années, ce qu'elle n'avait pas pu affronter cinq ans auparavant revenait à la charge comme si de rien n'était.

— Kevan, je ne suis pas revenu pour te faire du mal, nous nous sommes aimés, nous sommes mari et femme, je pense que du temps a passé pour l'un comme pour l'autre. Mais je t'ai cherchée longtemps. Je savais que tu allais revenir vivre un jour chez ton père.

Bruce lui prit la main et la posa sur sa joue.

— Tu ne vois pas tout ce qu'il y a entre nous ? Nous sommes mari et femme, Kevan, devant les dieux. Tu as été flouée par des gens qui voulaient soi-disant ton bonheur. Regarde autour de toi, regarde les autres couples, Kevan. Sois lucide, nous sommes faits pour être ensemble !

— Bruce, tu m'as frappée, tu m'as trompée !

— Ai-je jamais levé la main sur toi ? Ne t'ai-je pas toujours ramené tout ce que tu désirais ? Tu avais tous les droits, Kevan, et tu les auras de nouveau. Penses-tu qu'Agur serait un bon mari ?

Kevan le regardait, inquiète, elle sentait qu'elle perdait toute sa confiance, elle aurait voulu avoir l'avis d'un druide pour lui montrer l'avenir si celui-ci était certain. Elle l'écoutait et c'était bien là son malheur. Elle n'avait jamais réussi à prendre le dessus sur ses paroles. Il avait toujours réussi à brouiller les pistes, à l'endormir avec des raisonnements pseudo-logiques. En le voyant, elle se rendit compte qu'elle avait affaire à un être humain, le père de son enfant, son premier amour, la personne qui avait réussi à la marquer suffisamment dans sa jeunesse pour qu'elle ne puisse jamais prendre de recul le concernant. Elle se mit à avoir pitié de lui, à l'écouter. Il utilisait des mots simples, factuels, faisait en sorte de la prendre à témoin pour telle ou telle chose, voire de la culpabiliser afin qu'elle pense s'être mal conduite. Mais il l'aimait.

Il embrassa sa main, puis la fit descendre sur son torse. Kevan devint rouge et retira son bras. Elle n'aimait pas ce qu'elle éprouvait. Elle était troublée. Elle revivait les mêmes sensations que huit ans auparavant. Elle en avait honte.

— Tu sais toujours aussi bien me parler, Bruce, mais je ne peux pas oublier ce que tu m'as fait !

— Ce que je t'ai fait ? Qu'est-ce que je t'ai fait ? Je passe mon temps à vous chercher, toi et Tarak, afin que nous vivions ensemble. D'ailleurs, je ne suis plus avec Cartimandia, tu viendras vivre avec moi près du fleuve avec les pêcheurs, une vie calme comme tu les aimes, près de la nature. Je serai là tous les soirs !

Kevan sentait qu'elle se refermait comme une huître. Elle ne savait plus quoi dire, ses arguments étaient vains, il avait réussi à la faire culpabiliser et la poussait à se justifier.

— Je ne veux pas partir d'ici, j'y ai ma vie, ma fabrique !

— Tu pourras toujours continuer là-bas, je ne vois pas où est le problème !

— Oui… mais…

— Mais quoi ? C'est Agur ? Sous prétexte qu'il se morfondait de chagrin pour sa femme, il est revenu te chercher par dépit, c'est de ça que tu veux ?

— C'est faux ! Il est revenu parce qu'il m'aime !

— Bien sûr ! S'il t'avait vraiment aimée, il aurait quitté sa femme dès ton retour. Il se serait enfui. D'ailleurs, il l'a fait et ce n'était pas pour te rejoindre, il est parti dans d'autres pays, il a mis le temps avant de revenir et tu ne te poses aucune question !

— Tu n'en sais rien, Bruce !

— Tous mes amis sont de Londinos, Agur était un ami aussi d'ailleurs, mais il m'a toujours jalousé, il voulait être reconnu, ce n'est pas que pour tes beaux yeux.

— Là, tu exagères, Agur m'aime !

— C'est vrai que je suis injuste, il a certainement de nobles sentiments à ton égard et c'est normal, car tu es très belle, Kevan. Mais il n'est pas revenu par amour uniquement ! Il a pleuré sa femme pendant deux ans ! Il a dû s'enfuir pendant deux années, il t'est revenu blessé, meurtri, tu vivras avec un homme qui aura face à lui le souvenir de la femme qu'il aimait. Car il l'aimait, il l'a choisie !

Kevan souffrait de ce qu'elle entendait, elle sentait la colère monter, elle aurait voulu qu'Agur soit là pour se justifier, elle n'arrivait pas à voir où se trouvait la vérité, tous ses arguments étant recevables. Kevan se ressaisit.

— Bruce, je ne pars pas pour lui. D'ailleurs, je suis seule à présent. Je veux rester seule à élever notre fils. Tu pourras le voir quand tu voudras, mais je ne veux pas revenir avec toi.

— Kevan, Tarak est mon fils, il est normal qu'il vienne vivre avec moi !

— Tu veux me le prendre donc ? C'est ça ?

— Certainement pas ! Je veux qu'il ait une mère qui l'aime et tu es sa mère, donc tu viendras avec lui. Tu ne vas pas l'abandonner juste pour refaire ta vie ailleurs, tous les couples vivent des moments difficiles et toi, tu t'enfuis dès que ça ne te plaît plus ! Tu as eu beaucoup de choix. Dorénavant, tu dois revenir. Ça suffit, Kevan, il faut savoir s'arrêter. Tu ne peux pas vivre que des moments de bonheur ! Tu ne vas pas continuer à détruire tout ce que tu démarres à chaque fois que je ne suis pas tes directives. J'ai fait beaucoup d'efforts pour toi, crois-tu vraiment que tu pourras trouver quelqu'un que tu aimeras autant que tu m'as aimé ? Crois-tu qu'Agur te laissera faire ce que bon te semble ? Dans deux ans ? Dans six mois ? Kevan, si tu reviens avec moi, je laisserai Tarak à ton père.

— Sinon ?

— Tarak partira avec moi et il sera pêcheur comme les autres !

— Et tu lui inculqueras la rébellion, le vol, les pillages ?

— Oui, tout cela, mais aussi l'attention. Je te rapportais un petit cadeau à chaque fois, non ? Kevan, ne pleure pas ! Je te protège, car en faisant tout cela contre ton mari, tu vas à l'encontre des dieux !

— Laisse-moi y réfléchir, Bruce, laisse-moi !

— Je reviens dans quatre jours te chercher, Kevan. Je suis juste venu pour t'informer de mes intentions et non pas pour te donner le choix. Tu es ma femme et à ce titre, tu ne peux te soustraire à ma volonté.

Il s'approcha d'elle, lui prit le visage entre ses mains et l'embrassa nerveusement. Kevan avait son cœur qui battait, elle s'en voulait de constater que son corps pouvait tolérer ce que son cœur n'aimait plus.

Bruce sortit de la taverne.

Kevan resta seule, triste, elle ne savait plus comment se débarrasser de lui. Son seul espoir était le procès. Elle avait trop peur de fuir et qu'il la retrouve ou pire, qu'il torture sa famille moralement ou physiquement pour la retrouver. Il pouvait la traquer jusqu'à la fin des temps. Kevan avait indiqué le lieu où reposait le corps de Zegovax. Le noble parti pour enquêter ne devrait pas tarder à revenir. Kevan passa les quatre jours seule, enterrée dans ses soucis, pensant à Agur. Agur qu'elle aimait sincèrement. D'un amour entier et total. Elle se détestait d'avoir eu un dernier soubresaut de désir envers Bruce. Mais comme elle le pensait, ce n'était que passager. Les désirs de son corps nés de l'habitude d'être en contact avec Bruce avaient pris le pas pour quelques instants seulement. Les derniers instants.

Son frère l'avertit un matin :

— Si tu ne pars pas avec lui, il détruira le village, c'est un guerrier avant tout et il sera dans ses droits ! Il faut absolument que ce procès marche.

— Brannan, il va marcher, je le sais, c'est obligé ! Mais j'ai des doutes, je ne sais pas pourquoi, je pense que Bruce est protégé par une déesse ! Il est trop fort et je crains pour Tarak, je sais que Bruce n'a jamais véritablement aimé son enfant ! Je ne sais plus quoi faire, je me sens seule, j'aimerais tant qu'Agur soit là.

— Agur n'est pas là ! Et il vaut mieux, car s'il te voyait dans cet état, il croirait que tu l'as trahi ! Tu es trop perdue, tu te perds, Kevan. Bruce a fait alliance avec un sorcier contre toi.

— Non, je pense qu'il est le sorcier.

— Cavelix, le noble envoyé par Cassivellaunus, est arrivé. Il revient de Londinos.

— Alors ?

— Il veut te voir, Kevan !

Kevan sortit en courant de la taverne, elle vit un homme très grand au visage sévère qui descendait de son cheval.

— C'est toi, Kevan ?

— Oui…

Cavelix s'approcha d'elle, le visage fermé. Lorsqu'il fut assez proche, il la gifla de telle façon qu'elle en perdit l'équilibre et tomba au sol. Brannan courut vers elle.

— Mais tu es malade ! Qui es-tu pour la frapper ?

— Cette folle a ameuté tout le sud de la Gaule et m'a fait chevaucher pour rien, il n'y avait rien !

— Pas de cadavre ?

— Si ! Il existait bien un cadavre que j'ai retrouvé grâce à l'odeur lors d'une halte à la taverne de Londinos, mais il n'y avait pas l'arme de son mari, mais celle d'un autre pêcheur, que nous avons condamné sur place d'ailleurs. Le mort a été enterré dignement selon nos rites. Cette folle a voulu se débarrasser de son mari en prétextant le décès de Zegovax le druide. Elle a de la chance d'avoir un mari patient.

Brannan ne dit rien, il prit sa sœur dans ses bras et la serra fort. Il avait compris le drame. Kevan devait revenir avec son mari, sous peine d'infliger une honte impardonnable à sa famille. Bruce lisait ses moindres pensées, il était affable, il connaissait les êtres pour mieux les dominer.

Kevan avait été ridiculisée, sa famille aussi, elle n'avait pas d'autre choix que de repartir avec Bruce.

Elle rentra chez elle, remonta les escaliers pour faire son sac. En gravissant chaque marche, elle se remémorait ses douces années, celles avec sa mère et son père. Ces années à se serrer le soir près du feu par grand vent, ces soirées où son père la prenait sur ses épaules, puis sur son dos pour éviter les mares d'eau devant la taverne, ces années où elle n'aurait jamais pensé vouloir vivre ailleurs qu'auprès d'eux. Elle se rappelait les premiers pas de Brannan et la joie de leur famille. Elle se souvenait aussi des deux dernières années… Celles qui avaient scellé son choix de partir pour survivre, elle se souvenait du soir où, rentrant plus tôt des corvées, elle avait vu sa mère avec cet homme.

Cet homme, un marchand blond, immense, qui venait souvent à la taverne pour un relais. Sa mère avait ouvert un œil et l'avait aperçue. Elle avait refermé la porte immédiatement et s'était enfuie dans les bois. Elles n'en avaient jamais parlé ensemble, chacune feignant que rien ne s'était passé. Kevan n'en avait pas parlé à son père, elle n'en avait parlé à personne. Puis, était venue cette grossesse qui ne se passait pas comme les autres. Sa mort et le doute qui était venu quand le père avait aperçu Kevan pleurer dans les bras d'un homme qui pleurait aussi. Lui aussi avait refermé la porte sans rien dire, mais avait compris la trahison. Qu'importait pour la petite, ce serait lui le père et personne d'autre ne l'humilierait. L'homme blond était reparti après avoir laissé les premières fleurs du printemps sur la sépulture de sa mère.

— Kevan !

— Non, Brannan, ne parle pas !

Kevan se retrouva dans sa chambre, ferma la porte. Elle regarda par la porte d'entrée, pensive. Elle n'arrivait plus à réfléchir, elle ne maîtrisait plus rien. Son cœur était tellement lourd qu'elle n'arrivait même pas à pleurer. Sa tête tournait, elle avait envie de vomir. Elle regardait le sol par la porte, elle voyait la distance qui séparait son corps d'un autre monde. Un monde meilleur peut-être. Un monde de paix. Elle rangea ses affaires dans une grande malle. Elle prit le strict minimum. Elle se pencha face à la porte, soudainement très calme. Elle pensa à Agur, à Tarak. Ils allaient tellement s'inquiéter. Kevan ne voulait pas emmener son fils, il ne serait pas élevé dans la haine. D'ailleurs, pourquoi partir ? Comment accélérer le temps, mourir vite ? Malgré la déclaration d'amour de Bruce, Kevan savait à quoi s'attendre. Là-bas, elle ne serait pas la seule, mais seule, elle le serait. Loin de son père, loin de sa famille, ils n'auraient sûrement plus le droit de la voir. Être avec un homme et en aimer un autre, penser constamment à son enfant qui l'attendrait. Bruce lui ferait payer ce qu'il avait vécu, il devait être au courant de sa démarche, il allait l'humilier. Elle vit la vie qu'elle aurait dû avoir, près de Massilia, près de la mer, proche de la nature, entourée de soleil ! Puis, elle entrevit son avenir véritable. Elle allait devoir retourner dans le nord, dans le froid. Elle tomba sur ses genoux, tête baissée. Il y avait bien une solution, une solution radicale. Les gens qui l'aimaient préféreraient-ils qu'elle ne soit plus de ce monde ou bien la savoir triste, éloignée ? Que devait-elle faire ? Que préférait-elle ?

Certes, elle pouvait s'enfuir par cette porte, elle en avait le courage. La douleur serait rapide, la mort aussi.

Dans une fulgurance, elle comprit que son père savait tout et qu'il lui en avait voulu, à elle, sa fille qui ne lui avait rien dit, qui avait fermé les yeux durant deux ans. Dès lors, elle accepta les corrections.

Elle s'était sentie gênée par l'attitude de sa mère et s'était dit qu'elle avait aussi le mal en elle, qu'elle ne devait plus penser et attendre le mariage. Puis, elle l'avait aperçu et s'était mise à rêver d'un nouvel avenir, à assumer le mal qui devait être aussi en elle et à accepter de faire la trahison de trop. Elle devait devenir ce que son père lui disait qu'elle était quand il la frappait.

Il avait tenté de lui parler peu de temps avant son départ, après avoir pris assez de recul, laissé son ego de côté, pris peut-être ses responsabilités. Il avait vu le résultat de deux ans de reproches, une enfant qui n'exprimait rien, qui n'exprimait plus rien et qui partait dans ses rêves. Il avait commencé sa phrase, puis avait renoncé face à son visage si neutre. Il l'avait laissée de nouveau libre de se balader pour être en fusion avec la nature, pour qu'elle aille sur les sépultures, qu'elle se trouve… Il avait encore besoin de temps pour pardonner.

Le dernier sacrifice

Elle resta pensive tout au long de la journée, seule, près de cette porte, sans manger. Des nuages remplissaient le ciel. À certains moments, elle entendait son père qui frappait à la porte pour lui parler.

Elle se pencha près de la porte, regarda le sol qui l'attendait, elle sentit un vertige soudain ! Comme elle avait envie d'en finir vite !

Elle releva la tête, des larmes lui coulaient des joues. Elle revivait. Non, elle n'avait pas envie de mourir, il fallait qu'elle paie pour ses erreurs, elle devait s'en acquitter maintenant. Elle resta toute la nuit par terre. Le lendemain, elle prit le courage de se laver.

Quelqu'un frappa à la porte, c'était lui. Elle lui ouvrit. Bruce avait devant lui une autre personne, quelqu'un à qui on avait retiré l'étincelle. Quelqu'un de triste, fataliste. Il prit les paquets contenant des tuniques sans aucun regard pour elle et les posa dans une charrette avant de l'attendre en bas. Kevan sortit de la chambre sans regarder personne. Elle descendit les escaliers pour rejoindre son époux.

Elle allait repartir dans cette contrée froide où personne ne l'attendait, où personne n'irait la voir. Kevan démarrait une nouvelle vie, une vie entre parenthèses, comme si elle avait réussi à s'éteindre afin de ne pas prendre conscience de ce qu'elle vivait. Il fallait même qu'elle essaie d'oublier son fils.

Quand elle arriva dans sa nouvelle maison, Bruce la railla longtemps sur l'épisode Zegovax, il s'amusait de sa bêtise. Bien vite, il cessa, trouvant inintéressant de se moquer de quelqu'un qui ne répondait pas. Il avait ce qu'il voulait, il voulait sa femme, une jolie femme aux cheveux clairs qui s'occupait de lui, lui faisait ses repas, se chargeait des peaux, de la maison.

Bruce rentrait tous les soirs ivre. Parfois, il ne rentrait même pas seul. Kevan ne pouvait rien dire, elle ne pouvait s'enfuir de nouveau. Le chien de chasse de Bruce la gardait comme on garde une bête. Parfois, quand il était saoul, Bruce lui disait qu'elle pouvait s'en aller, la laissait ouvrir la porte, puis lâchait son chien afin de s'amuser de la voir revenir en courant. Par chance, Kevan n'eut pas d'autre enfant avec lui. Elle attendait patiemment qu'un signe des dieux arrive pour la délivrer.

Bruce riait aussi du prétendu amour d'Agur !

— Eh ben alors ? Il n'est toujours pas venu te chercher ? Qu'est-ce qu'il t'aimait ! Et ton fils chéri ? Il n'a pas envie de revoir sa mère ? Que des ingrats… Ah ! Ah !

Kevan ne disait rien. Parfois, elle regardait dehors et se demandait aussi pourquoi personne n'essayait de la récupérer. Au bout d'un an, elle cessa d'espérer.

Bruce revenait chaque soir, comme il le lui avait promis. Souvent même, il revenait l'après-midi afin d'accomplir son devoir conjugal, ne se souvenant plus s'il l'avait fait la veille. Kevan ne trouvait pas ces rapports insupportables, elle le laissait faire, il n'était jamais violent. Elle restait neutre et cela ne gênait pas Bruce.

Lorsqu'il avait des crises, il l'injuriait et la mettait à la porte. Kevan se mettait alors à courir et il sortait de la maison pour la rattraper, la prenait dans ses bras, prétextant qu'il ne pouvait vivre sans elle. Elle se mettait alors à pleurer.

Kevan regardait de plus en plus près les falaises qui jonchaient le fleuve. Elle allait finir par commettre l'irréparable, elle ne pouvait vivre comme cela, terrée dans une maison pour le reste de ses jours. Elle se mit aussi à boire afin d'oublier ce qu'elle vivait et d'être en phase avec son époux. Bruce ne s'en rendait même pas compte, il la trouvait d'ailleurs de mieux en mieux et se flattait de voir qu'elle retrouvait des couleurs.

Parfois, il lui faisait l'amour des journées entières afin qu'elle tombe enceinte et qu'elle arrête de pleurer son fils. La vie en décidait autrement. Kevan n'arrivait pas à être enceinte de Bruce, d'ailleurs elle ne le voulait pas. Peut-être que les coups qu'elle avait reçus lorsqu'elle attendait son deuxième enfant l'avaient rendue stérile.

Elle vécut durant deux ans cette vie de recluse, se noyant presque totalement dans l'alcool. Elle maigrissait à vue d'œil, ne faisait que boire et mangeait peu.

Un matin, elle se réveilla, seule. En se levant, elle chercha où se trouvait son mari. Elle avait mal au crâne. Elle se regarda dans le reflet de l'eau stagnant dans une amphore et se mit à pleurer. Son teint était livide, elle avait des cernes, elle était marquée par la tristesse et l'alcool. Elle se tourna pour mieux regarder son lieu de vie. Elle vit le grand lit, la table, les peaux puantes. Elle était en train de s'asseoir sur un banc quand quelqu'un frappa à la porte.

— Kevan ? Tu es bien la femme de Bruce le pêcheur ?

— Oui, c'est moi, bien sûr, j'habite chez lui !

— Ton mari est mort cette nuit.

— Quoi ? Quoi ? Comment ça, mort ? C'est quoi, être mort ?

— Ils étaient plusieurs à vouloir aller sur l'île en face cette nuit et Bruce s'est noyé en sautant de la falaise.

— Où est son corps ?

— Ils l'ont retrouvé ce matin.

— J'arrive.

Kevan ne comprit pas tout de suite ce que cela signifiait, elle décuvait lentement. Elle sortit de la maison, hagarde, et suivit les hommes sous le regard fou du chien de garde, qui n'osa pas la récupérer cette fois-là.

Kevan arriva près du corps et regarda le visage bouffi de son mari. Personne ne comprenait son manège. Elle laissa longtemps ses mains sur son torse afin de vérifier qu'il ne respirait plus. Il avait séjourné de longues heures dans l'eau et il sentait déjà le poisson de la veille. Elle s'empêcha de montrer toute émotion, elle récupéra son collier en or, se pencha sur lui en fermant les yeux, elle avait encore la tête qui tourne, mais il lui fallait retrouver au plus tôt son énergie, car si la mort de Bruce signifiait l'ouverture de sa geôle, qui savait combien de temps elle resterait ouverte ?

Elle s'arrêta de boire le jour même. Elle assista à la crémation de son époux. Aux rituels. Elle pleurait de soulagement et tout le monde trouvait cela très touchant.

Après cela, elle rentra seule dans cette grande maison, avec le chien qui dorénavant l'attendait avec plus de respect, se disant qu'il dépendait d'elle pour la nourriture. Kevan n'ayant rien à lui donner, le chien se mit à chasser ailleurs, plus loin de jour en jour, avant de ne plus revenir du tout. Elle resta prostrée sur sa nouvelle liberté durant deux semaines de plus. Les voisins lui apportaient à manger et quelques hommes l'ayant vue pour la première fois à la crémation vinrent frapper à sa porte pour vérifier si elle était bien aussi jolie que Bruce l'avait dit. Elle n'allait pas longtemps rester en sécurité. Elle se refit une santé avant le grand départ.

Un jour, elle prit son courage à deux mains et se décida à partir. Elle prit ses affaires, les posa sur la charrette, prit les deux chevaux qu'elle avait et partit à travers les chemins. Elle prit le bateau avec l'argent que son mari avait caché dans une jarre pour ses vieux jours. Avec cet argent, elle allait être tranquille longtemps. Elle respira l'air de la mer à pleins poumons. Son cœur s'accélérait par moments, des emballements qu'elle ne pouvait contrôler. Elle avait retrouvé sa liberté. Elle hésita quant au chemin à prendre, elle avait perdu le sens de l'orientation.

Elle chevaucha plusieurs semaines avant d'arriver sur le lieu qu'elle avait choisi, celui de l'espoir. Lorsqu'elle atteignit ce but, elle prit une chambre chez l'habitant afin de se reposer. Elle mit cinq jours de plus à parcourir la ville. Son teint s'était déjà bruni. Son visage n'avait plus de cernes. Elle prit des bains aux thermes. Elle trouva finalement l'endroit qu'elle cherchait. Celui qu'on lui avait indiqué deux ans plus tôt. Elle s'y assit longtemps. Il était tard dans l'après-midi. Cela ne servait à rien de rester plus longtemps, il faisait chaud. Elle revint tous les jours à midi afin d'y trouver le repos, de s'y ressourcer. Elle se prit d'amitié pour la femme de maison chez qui elle logeait.

Elle était habituée à recevoir des voyageurs et s'étonnait de rencontrer une voyageuse.

Kevan, ce jour-là, partit de bonne heure. Elle alla comme tous les jours près de la fontaine. Elle écouta les conteurs d'histoires, les poètes. Elle restait assise deux heures tous les jours vers midi depuis déjà trois semaines.

Quelle idée ! Pourquoi encore espérer un acte divin après tout ce qu'elle avait vécu ? Elle avait déçu tellement de monde. Peut-être devrait-elle rentrer chez son père ?

Une voix qui appelait au loin la sortit soudain de sa mélancolie. Elle entendit quelqu'un qui appelait et tourna la tête afin de mieux entendre. La voix lui semblait familière et elle vit une forme courir au loin, mais ne reconnut personne. Il y avait toujours beaucoup de bruit autour de la fontaine.

— Maman ! Maman !

Tarak se retourna vers Agur, qui l'avait accompagné pour attendre à la fontaine comme chaque mois depuis deux ans. Kevan se leva, elle reconnut son fils.

— Papa ! Papa ! Maman est là !

Table des matières

N° d'éditeur : 6146 Dépôt légal : Novembre 2022

Achevé d'imprimer chez SoBook le 21-10-2022

Linselles - France

N° impression : 800 693